JN228977

わたしにください

樋口美沙緒

白泉社花丸文庫

わたしにください　もくじ

イラスト／チッチー・チェーンソー

わたしにください

一

森尾祐樹が嫌いだ。

「委員長、カメラ係に決まったから。不満ある？」

あると言ったところで受けつける気などないくせに、森尾祐樹はルーズリーフを一枚よこしながら言った。

俺は自分の席に座ったまま、分厚い眼鏡越しに森尾を見上げた。広い肩幅に、教室の天井が低く見えるほどの長身。一目でスポーツをやっていると分かる、鍛えられた体。やや長めの前髪の下、垂れがちの、そのわりにきつめの眼が見える。鼻筋が通り整った顔は、いつもあまり愛想がない。

無言でルーズリーフを受け取ると、紙の上には今度催される球技大会のチーム編成が書かれており、俺の役割は「カメラ」の文字の下に、「委員長」という言葉だけで示されている。

――崎田って名前も知らないのかよ。

　今さら分かりきったことだけど、俺は内心毒づいた。

　崎田路というのが、俺の名前。

　道を作る人であってほしいとか、未知に対して果敢であってほしいとか、両親が壮大なる意味を込めてつけたこの名前を、俺はここ二年親と教師以外の誰からも呼ばれたことがなかった。

　クラスメイトのほとんどは俺の名前を覚えていないだろうし、この男子校に入学して二年間、押しつけられてきた、「学級委員長」という体のいい便利屋の呼称で、大抵の用は済んでしまうからだった。

「別になんでもいい」

「あっそ。じゃあそれ、浦野に提出しといてな」

　森尾はデカい体を翻し、ヤツを取り巻いているにぎやかな連中のほうへと戻っていった。

　俺はその背中を眼鏡の奥から、じっと睨むように見ていた。

　世の中は、不公平にできている。

　俺はそんなに善人でもないけど、悪人でもない。むしろ下半身ケダモノのクラスメイトに比べたら、よっぽど清く正しい生活をしている。ヤツらは俺に毎日のように放課後の掃除を押しつけるけど、俺は一人黙々と耐えている。ボールを追いかけても走っても誰にも追いつけないけど、居眠りもしないでノートをとっている。

いのだ。

でもどんなに我慢して努力したって、恵まれて生まれてきたヤツらの、足元にも及ばないのだ。

たとえば森尾祐樹は、生まれ持ったものに恵まれただけだ。森尾は小学生のころからバスケットボールをやっていて、人一倍背が高かった。当然運動ができ、外見もよく、そのうえ成績も悪くなかった。でも森尾自身は、それほど努力してるわけじゃない。少なくとも俺の努力のほんの十分の一程度で、森尾は昔から、俺の十倍のことができた。

小学校からずっと同じ学校だけど、森尾はたぶんそのことを知らないだろう。気付いていないし、きっと俺のことなんて、初めから覚えていない。

十一年も同じ校内にいて、森尾は一度だって俺を名前で呼んだことがない。今年同じクラスになって、用のあるときヤツが俺を呼ぶ言葉は、「委員長」。

まあでも、仕方ないか、と俺は思っている。

鏡に自分の外見を映してみたら、その理由は分かりすぎるほど分かるからだ。分厚い眼鏡に、ちっぽけな体と細い手足。いかにも貧相で地味な身なり。面白い会話の一つもできないし、勉強くらいしか趣味がない。

だけどそれは、俺のせいじゃない。

生まれたときから小さかったことも、骨格が華奢(きゃしゃ)で肉がつかない体質なことも、病弱なうえ、生まれつきの視力が弱く、分厚い眼鏡をしていることも、体が弱いから運動なんてからきしなんてことも、人の十倍努力しないと勉強だって追いつかないほどの頭しか持っていないことも、神様が俺に与えた偶然の産物で、俺のせいじゃない。

だから俺は、森尾祐樹が嫌いだった。

生まれ持ってきた幸運に、あぐらをかいて疑問にも思わないようなヤツは、みんな大嫌いだった。

「森尾、委員長なんだって？」

輪の中に戻った森尾に、取り巻きの一人が訊ねている。森尾は関心なさげに、

「カメラでいいってさ」

と報告した。

「あーよかった。今度のクラス対抗、一戦目七組だもんな。黒田がいるからさ、本気出していかねぇと勝てねぇよ」

クラスの片隅で、意地の悪い笑い声が起こる。森尾にいつもべったりくっついている大村が、俺のほうをチラッと見て肩を竦めるのが、視界の端に映った。

森尾の取り巻きはみんな、頭の悪い下半身バカだ。俺はあいつらがどこどこの誰とヤったとか、あの女とヤらせてとか、そんなことばかり話しているのを知っている。大村が森尾にくっついているのは、森尾がモテてそのおこぼれに与れるからだし、もっと言うなら虎の威を借る狐、みたいなものだ。大村だけじゃない。取り巻きのやつらはみんな、森尾

にくっつくことで自分の価値をあげている。そういうヤツらも、俺は嫌いだ。

夏休みが明けたばかりの九月、教室の外から照りつける太陽の光は鋭く白かった。騒いでいる森尾の取り巻きたちの声を無視して、窓の外へ眼を向けると、生い茂る緑がぬるい風に吹かれて枝先を眠たそうに揺らしている。

高校二年のクラス対抗球技大会は、うちのような私立進学校にとってほとんど最後のお祭りで、それが明けるとあとは大学受験一色になる。俺からしたら大会で勝とうが負けようがどうだっていいけど、クラスの連中はそうじゃない。勝ったところでなんの得もない試合に命がけだ。だからヤツらからしたら、俺みたいな足手まといはカメラ係になってもらわないと困るのだ。去年も同じことをしたから、今年もそうなるんだろうと思っていた。俺だってあくせく汗かいて、ボールをおっかけたいなんて思いもしないし、興味もない。

——くだらない。バカ同士好きにやれよ。

心の中で毒づき、俺は立ちあがった。総合学習の時間はまだ少し残っていたので、森尾に渡された編成表を担任の浦野に届けにいくことにした。

その日の授業は忙しい浦野が自習にしてしまったので、チーム編成を決める以外は特にやることもなく、みんな好き勝手に騒いでいた。うるさいヤツらを後目に教室を出て、人気のない廊下を突っ切り、二階分、階段をあがった。

数学準備室に入ると、浦野はちょうど小テストの採点をしているところだった。

「先生これ、今度のクラス対抗試合の編成です」

俺がそう言って渡すと、浦野はルーズリーフを受け取り、一瞥をくれて机上の書類ケースに放り投げた。それからそんなことより、といった態度で、

「崎田、こないだの進路調査で、お前城稜大を志望してたな」

と、突然関係のないことを言い出した。

春の初めに出した進路調査票のことを、俺はぼんやりと思い出した。城稜大は私立の有名大学で、うちの高校と理事会が繋がっている。そのせいか、うちからの合格者が多いことで知られていた。俺が城稜大を第一志望にしたのは特にこだわりがあるからじゃなく、なんとなく無難なところで書いたにすぎなかったけれど。

「うちから毎年一人無試験で指定推薦枠があるの知ってるだろう？　早いようだがもう選考が始まってるんだ。お前もその候補の一人にしてやったからな」

浦野は得意げに笑った。

通常の指定校推薦はずっとあと、来年度に選考が行われるが、城稜だけは特別に二年時でその大体が決まる。それは色々上のほうの都合らしいけれど、俺はよく知らないし興味もなかった。

「お前は成績優秀だからな、有力候補だ。あと一人、七組の黒田悟、知ってるだろ？　あいつがバスケでお前と競り合ってる」

黒田悟は森尾と並んで学内の有名人だ。武骨な体つきの、壁のように大きなヤツで、小学生のころからずっとバスケットをやっているという話だった。俺は噂話には疎いからよく知らないが、全国でもかなり有名なプレイヤーの一人らしくて、高校一年生のときからスタメン入りしていると評判だった。城稜大はバスケットも強いから、黒田が有力候補なのは当然だなと、俺は他人事のように思った。

「でもまあ、黒田は素行がよくない。心配するな、毎年推薦は俺のクラスから出してるからな」

――別に心配なんかしてないし、推薦してくれなくていいんだけど。

そう思ったけれど、自信たっぷりの浦野に水を差すのも気がひけて、俺はただ「はあ」と返事した。

部屋を出たあとは、なんだかどっと疲れた。俺はどうしてか、浦野が苦手だった。二十代後半の若い教師で、情熱的で、俺にもやたらと構ってくる。若いから話が通じると、生徒からはそこそこ人気があるけれど、頼んでもいないのに、指定校推薦に入れてやったと笑う、そういうところが俺には少しうっとうしかった。

――俺がクラスで浮いてるから、気を回してんのかなあ。

だとしたら、ほうっておいてくれていい。

頭の中でぼんやりと思う。眼鏡の向こうには、昼下がりの低い太陽光を受けた窓の桟が、眩しく光っていた。

男子校の生徒は、放課後の掃除なんかまず真面目にやらない。うちの学校は進学校で、勉強さえできていれば見逃されがちだからなおさらだった。なので「学級委員長」の俺が、結局いつも教室を掃除しゴミ出しまでする。クラスの連中はそのことを知って、ますますなにもやらなくなった。だったら俺もやらなきゃいい。そう思うけれど、男子校なんて、一日でもゴミを捨てなければひどいことになる。その日も俺は、ガムのこびりついた床を、雑巾片手にごしごしと擦っていた。

天井の扇風機を止めていたので熱気がこもり、額に浮きでた汗が床に落ちて、濃いしみになる。校庭のほうからは、時折ボールがバットにあたる音がした。野球部が練習しているのだ。

そのとき教室の扉がガラリと開き、誰かがぬっと顔を出した。しゃがんだまま見上げると、そこに立っていたのは黒田悟だった。長身の黒田は出入り口の天辺に頭をぶつけないよう、やや首を竦めて俺を見下ろしていた。

「森尾いないか?」

野太い声で訊かれ、俺は視線を床のガムに戻した。

「知らない」

俺なんかに森尾のことを訊いて分かるわけがない。そういえば森尾も黒田も同じバスケ部で、よく一緒につるんでるんだっけ。

「それってガム？　雑巾なんかで落ちるの？」

突然視界が薄暗くなったと思ったら、黒田が、大柄な体を折り曲げて俺の向かいにしゃがみ込んでいた。大きなシャツのポケットに、無造作に突っこまれたタバコが見えて、俺はドキリとした。

——こいつ、スポーツやってるのにタバコなんて吸うのかな。

「爪でとったほうが早いんじゃないか？」

言いながら、黒田は大きな爪でガムの縁をこそぐ。俺は慌てて黒田の手を押し戻した。

「いいよ。アンタ、森尾探してんだろ」

「そうだけど」

と黒田は言い、大柄な体には似合わない様子で口ごもった。それから俺の爪をじっと見て、「その爪だと、薄いから割れそうだな」と、言った。

爪まで薄くて悪かったな、と俺はムッとした。すると黒田は首を傾げ、声を落として訊いてくる。

「お前っていつも、一人で掃除してるよな。ちょっと気になっててさ。クラスのヤツらに、無理矢理やらされてないか?」

黒田の眼の中に映ろったものを、俺は見逃さなかった。気がついたら立ちあがり、黒田を見下ろして睨めつけていた。

「関係ないだろ。掃除は俺がしてるんだから、アンタは森尾探しにいけよ」

黒田悟は困ったように笑い、悪かったと言って立ちあがった。立ちあがりしな、シャツのポケットに入っているタバコが、また視界の端をかすめる。それは封が切られ、何本か吸ったもののようだった。

黒田の眼の中に見えたものは、子どものころ、近所のおばさんたちが——でなければ、俺の素性を聞いた教師や大人たちが浮かべるのと同じものだった。

安っぽい同情と、哀れみ。そんなもの、俺はべつにいらないのに。だから反射的にはねつけたけれど、微笑んでいる黒田の顔を見ていると、どうしてか、なんとも言えない後味の悪さに襲われた。

俺は悪くない。悪くないけれど、言い過ぎたかもしれないと、心のどこかで思う。

「おい、なにしてんだ」

戸口から再び大きな影が現れ、黒田に呼びかける。森尾だ。雑巾を片手に仁王立ちした俺を、ヤツはちらりと一瞥する。切れ長の眼。いつも愛想がなく、無表情なその眼差しとまともに視界がぶつかり、一瞬たじろいだ。

「お前を探してたんだよ」

黒田が呆れたように言い、俺に背を向けた。森尾の視線はあっさりと俺からはずれる。まるで自分が、空気のように感じる一瞬だ。

「ジャマしてごめんな」

黒田が言い、同じくらい長身の二人は廊下へ出ていった。取り残された俺の足元には、はがれかけたガムの塊。そして窓の外からは、野球部のかけ声と、ボールがバットにあたる、尖った音が聞こえてくる。

最悪な気分だった。

俺は森尾に会っただけで、そんな気持ちになる。

――ほんとに俺、森尾が嫌いなんだ……。

今さらのように、そんな気持ちを嚙みしめる。

「崎田、まだいたのか」

すると、今度は担任の浦野が教室に顔を出した。

俺はぺこりと会釈し、しゃがみ込んでガムはがしを再開する。浦野はしばらくして、ふと正面に屈みこんできた。

「黒田が来てたろう」

そう言うと、浦野は突然ガムをはがしていた俺の手首を摑んだ。汗ばんだ浦野の掌は生ぬるく、俺はぎょっとなって若い担任の顔を見上げた。

「崎田、お前見ただろう、黒田がタバコを吸ってるところ」

吸ってるところ？　そんなところは見ていない。

俺は内心、うろたえた。浦野はなにを言っているんだろう、と思う。

「箱を持ってるのは見ました、けど……」

あまりに驚いて、思わず口走った俺の言葉を遮るように、浦野はぐいと身を寄せてきた。

「持っていたということは、吸ってる。そうだろ？」

俺は硬直し、浦野の顔を見つめ返した。シャツのポケットから覗いていた黒田のタバコを思い出す。たしかに、吸った痕跡はあったけれど――。

「俺には、よく……」

「お前は吸ってるところを見た。そうだな？」

「……吸ってるところは」

「見たんだ。そうだと言いなさい」

俺の手首を摑んでくる浦野の指先に力がこもった。浦野は眉根を寄せた。その眼には決して反論を許さない圧力があった。俺は息を吞んだ。

なぜかそのとき、瞼の裏に、幼いころ見た、恐ろしい光景が浮かんだ。それは家の近所の川で溺れたときの記憶だった。薄鼠(うすねずみ)色の水が濁流になって、浮かび上がろうとする俺は、何度も何度も重い水圧で押し込められる。急に息苦しさに襲われ、俺は頭がくらくらした。

「見たと言いなさい、崎田」

再び、浦野が繰り返した。強く、怖い声。黒く短い前髪の下で、浦野の額は汗ばみ、その眼はぎらついていた。

気がつくと、俺は頷(うなず)いていた。

どうして頷いてしまったのか、よく分からなかった。浦野が怖かった？　早く解放されたかった？

そしてそのことが、なにを招くのか、そのときの俺は考えもしなかった。

二

うっとうしいくらいに晴れ渡った翌々日、クラス対抗の球技大会が催され、俺はデジカメを持って試合会場を回った。

クラス対抗の一試合目はバスケットで、七組との試合だった。黒田悟（くろださとる）がいることで、七組は強豪クラスだと言われていた。

朝、全体の挨拶が終わったあと、体育館に行くと、出場メンバーは既に両クラスとも自主練習に入っていて、館内には妙な興奮が熱く渦巻いてるように感じられた。

うちのクラスのコート側に近寄ると、お祭り騒ぎを喜ぶクラスメイトたちが、スターティングメンバーに向かってわぁわぁと野次（やじ）を飛ばしていた。俺はその端っこに隠れるようにして立った。正直、かなり辟易（へきえき）していた。

一戦目で負けて、終わりになればいいのに。そうしたら、俺の仕事もさっさと終わる。なにより、このお祭りムードが嫌いだった。ばかみたいに騒いで、なにがそんなに楽しいんだろう？

天井のライトを反射してところどころ白く光る体育館のコート上で、大きな影がひらりと踊る。

それは森尾(もりお)だった。

リズムに乗るようにドリブルし、まるで風が舞うようにきれいなレイアップ・シュートを決めた。落ちてきたボールを拾いあげ、そのまま派手なダンクをかます。バスケットが揺れ、リングがわんと震えた。着地した森尾が満面の笑みでこちらを振り向いた。

思わず、俺はびくりと肩を震わせていた。

「いいぞ、森尾！」

「お前に惚(ほ)れたァ！」

すぐ横にいたクラスメイトたちが、わっと歓声をあげた。

——そっか、こいつらに笑いかけたのか。

自分に笑いかけたのかと思って、驚いた自分がばかばかしかった。

「森尾」

同じコートに黒田が入ってきて、森尾を呼んだ。森尾は持っていたボールをパスしながら、黒田に駆け寄る。二人はお互いの肩を叩(たた)きあって、なにか雑談しはじめる。

「森尾って、ほんと黒田と仲いいよなァー」

俺の横にいた大村(おおむら)が、ふとそんなことを言うのが聞こえた。

「中学一緒だったっけ？」

「いや。でも、小学生のとき、同じミニバスだったんだってさ。腐れ縁てヤツ？」

誰かがそれに答える。コートの向こうにいる森尾の顔は、たしかに教室で誰といるよりもくつろいで見えた。取り巻きといるときはあまり笑わない森尾が、黒田相手にはよく笑う。もっとも、腐れ縁というなら、俺とだってそうなんだけど。もちろん言うまでもなく、森尾は俺のことなんて覚えていない。

それに黒田は、森尾と同じくらい多くのものを持っている。俺とは全然違う。

（やっぱり、森尾みたいなヤツと並ぶためには、なにか持ってないとダメなんだ……）

人よりも秀でてるもの、恵まれているものを。

なんとなく二人を眺めていたら、ふと森尾の笑みが曇った。黒田は苦笑気味に、まるで宥（なだ）めるように、森尾の肩を叩いたり、首を振ったりしている。けれど森尾の顔は、見る間に険しさを増していく。

――なんだろう？

俺は疑問に思った。黒田がなにか話し、そのことで森尾が怒っている。そんなふうに見える。

「試合始めるぞ！」

やがて、係の教師がコートを突っ切ってきた。ホイッスルが鳴り、体育館のあちこちから、試合の開始を期待する声があがった。

不意にそのとき、森尾が振りかえり、俺を見た。

今度は確実だった。俺の視線は森尾の視線とぶつかった。

それは激しく、鋭い視線だった。まるで、憎まれているような。

森尾から強い怒りを感じて、俺は腋下が冷え、背筋が冷たくなるような気がした。

再度ホイッスルが鳴ると、ようやく森尾は俺から視線をはずした。センターサークルにジャンパーが立ち、審判がボールを掲げる。

俺はその間中、胸が早鐘を打つのを感じて、微動だにできないままだった。


試合が終わる直前、俺は得体の知れない恐怖に耐えられなくなり、体育館を抜け出してしまった。

教室に逃げ帰ったときには、ぜいぜいと息があがり、体の節々が痛かった。誰もいない教室の自分の席につくと、デジカメを放り出して机に突っ伏した。かけていた眼鏡がずりあがり、腕の上に乗る。

自分でもなにをしているんだろうと思う。思うけれど、頭の隅に、試合前に森尾から向けられた怒りの眼差しがこびりついていて、はなれなかった。

それは試合の間中もずっとそうで、始終動悸が激しく、冷や汗が出て、俺は試合がどう進んだのかどっちが勝っているのかさえ分からなかった。

頭の中をいっぱいにしていたのは、ただ二つのことだけ。

どうして森尾は俺を見たんだろう？　あんなふうに、きつく睨んできたんだろう？

理由が分からなくて、俺は怖かった。

ぐるぐると思考が回り、落ちつけ、落ちつけと俺は繰り返した。

でも心臓の拍動はおさまらず、痛いほどだ。

ぎゅっと眼をつむっていると、汗ばんだ体からたちのぼる青い匂いが、顔を埋めている体操服の袖からした。外は日の光がきつく、セミの鳴き声がうるさい。でもそれ以外は静かで、無人の教室に俺の荒い呼吸音だけが響いていた。

そこに突然、戸の開く音がした。

ハッとして顔を上げると、分厚い眼鏡が傾いて鼻にかかる。慌てて直すと、扉を開けて立っているのが、森尾だと分かった。

「一人でお昼寝かよ、委員長」

森尾はうっすらと笑ったけれど、その眼はちっとも、笑っていなかった。

俺のことを射殺すように見ている、暗く尖った視線。

やっぱり見間違いじゃない。——森尾は俺に怒っている。俺はそれをはっきりと感じた。

大きな体をゆらりと動かして、森尾は俺に近づいてきた。白いTシャツが汗ばみ、肌に薄くはりついているので、均整がとれ、鍛えられた森尾の身体が浮き上がって見える。森尾の足は長く、俺はあっという間に近づかれていた。思わず立ち上がり、一歩後ずさる。でもすぐに、自分の座っていた椅子に動きを阻まれ、腰が机にあたってガタガタと音がした。ぐらりと傾いだ椅子をハッとして受けとめた隙に、森尾は大股で俺の前に立ち塞がっていた。

見上げるとそこには、怖いくらいに整った森尾の顔があった。

「お前、浦野(うらの)にチクったろ。黒田、指定の候補からはずされたぜ」

聞いたとき、俺は一瞬なんのことだか分からなかった。眉をしかめると、森尾が冷たく眼を細めて、「タバコ」と言う。

言われた瞬間、俺の脳裏には二日前の放課後のことが蘇(よみがえ)ってきた。

浦野に、黒田がタバコを吸っていたところを見たと言え。そう言われて、俺は思わず頷いたのだ――。

――それで、候補からはずされた? なんの……?

答えはすぐに出た。城稜(じょうりょう)大の指定校推薦の候補だ。俺の頭の中に、浦野の声がぐるぐると回った。

黒田は素行が悪い。毎年俺のクラスから候補を出してる。心配するな――。

――待って。……じゃあ、浦野が、俺に黒田のタバコのことを訊いたのは……。

足元がぐらぐらと揺れている気がした。俺は不意に、あのとき自分がしでかしたことを理解した。そしてそのことを、すっかり忘れていた自分のうかつさを呪った。

――でもどうして浦野はそこまでしたのか……？

思考が上手く回らない。ただ、俺は今日の試合前、森尾が黒田からこの話を聞いたのだろうということだけ、理解した。

きっと森尾は怒り、黒田はそれを宥めていたのだろう。

なにも言えずに体を強ばらせている俺に、森尾はせせら嗤うように鼻を鳴らした。

「自分が候補に残りたいからだろ？　よかったなぁ、思惑どおりに事が進んで」

違う。

「ご自分はおきれいな優等生だもんな。タバコはチクって当然か？」

なんとか言えよ、と森尾は舌打ちした。

「……タ、タバコ持ってたのは、事実だろ」

かすれた声が、自分の口から漏れた。森尾の顔が、さっと歪む。

「持ってたからって、吸ってるとは限らねーだろ。あれはな、後輩部員で吸ってるヤツがいたから、叱って取り上げただけのやつなんだよ。あいつはアスリートだ。タバコなんか吸わない」

バスケ一筋なんだから、と森尾が言う。

「……それなら、そう弁解すればいいだろ」

「してもしなくても、疑念は晴れないだろうが。その時点でお前のが有利になるだろ。大体、お前がチクんなきゃ黒田は枠から漏れなかったんだよ」

と、続けた。

「俺は別に……ただ、浦野に訊かれたから……」

「他人のせいにすんじゃねぇよ」

森尾が俺の机の脚を蹴った。けたたましく机が倒れ、中から教科書が飛び散った。その大きな音と乱暴な行動に、俺は体が無意識に震えてくるのを感じていた。

「拾えよ」

顎をしゃくり、尊大な態度で森尾は俺に指図した。冗談じゃないと思った。冗談じゃない。なんで俺が。なんで俺が？

「拾えっつってんだよ」

「いやだ」

声まで震えたけれど、俺は森尾を睨みつけた。森尾の眉がつりあがり、次の瞬間突き飛ばされた。いとも呆気なく、俺は床に投げ出された。衝撃が背中を打ち、かけている眼鏡がわずかにずれる。

「い……た」

　生理的な涙が眦を濡らす。と、腰のあたりにずんと重いものを感じた。ハッとして、起きあがろうとしても無駄だった。森尾が俺の上に馬乗りに座り、肩を押さえこんでいた。

「委員長知らないみたいだから教えてやるけどさ。黒田ン家って兄弟いっぱいいて、父親早くに亡くしてて大変なんだよな。母親一人で食わしてて。指定通ったら、学費免除の権利有利になるの、知ってたか？」

　森尾の指先に力がこもり、俺の肩に食いこんだ。

「委員長って一人ッ子で、結構いい家で暮らしてんだって？　勉強もできるし、別に推薦とらなくても、城稜入れるんじゃねえの」

　せせら嗤う森尾の顔は、俺への怒りと軽蔑に染まっている。

　不意に俺は何年も何年も前のことを、思い出していた。

　冷たい灰色の空が教室の窓から見えていて、その空を渡る鳥の影が黒く小さな点になっていった。あれは小学生の、冬の日だ。

　森尾は覚えてないだろうけど、俺たちは同じクラスだった。

　朝から小雪が降っていたその日、クラスメイトの多くが風邪で欠席し、男子生徒は半分も出席していなかった。

　休み時間に、誰かがドッジボールをやろうと言いだした。森尾は室内を見渡して言った。

『けど、今日男、六人しかいねぇじゃん』

教室内にいた男子生徒は、俺を入れて七人だった。

森尾は俺をごく自然に抜かしていたわけで、それは当然と言えば当然だった。

だって俺、ドッジボールなんか、ボールとることもできなくて、真っ先に外野だったもんな。外野に出たからって、投げること一つ満足にできなかったし。森尾みたいに運動神経のいいヤツからしたら、ものすごくうっとうしかっただろう……。

でもあのとき、体が固まったみたいになって、話している森尾たちのほうを見ることも動くこともできなくなった。気にしてない気にしてないって必死で思いながら、手元に広げた国語の教科書を、穴が開くほどじっと見つめていたっけ……。

——今、あのときと同じように、俺の体はショックで動かない。

「……悪いのは、俺じゃない」

「あぁ?」

小さな声で言ったせいで、森尾には聞こえなかったみたいだ。

「悪いのは、俺じゃないって言ったんだよ！」

俺は叫んでいた。

——だって、なんでだよ？

俺はそう思った。あまりに理不尽な気がした。

――森尾は俺の体が小さいのとか眼が悪いのは無視するくせに、黒田の家が大変なのは、かわいそうなんだ。そういうの、差別っていうんじゃないの？

黒田なんて全然かわいそうじゃない。

バスケができて、友だちにだって、俺と違って無視されたことなどないだろう。家が大変だからって、それがなんだというのだろう。それだけでかわいそうがられるなんて、黒田はずるい。全然、ちっとも、かわいそうじゃない。

「放せよ、くそったれ！　友だちのために一肌脱ごうってのかよ、俺そういう偽善、見てて吐きそうだよ。青春ごっこは他でやれよな。黒田の事情がどうだろうと俺には関係ないんだよ、いちいち首突っこんでくるところじゃないだろ、第一俺は浦野に訊かれたから答えただけで、俺は悪くない！　悪いのは黒田と浦野だろ！」

止めろと思った。でも止まらなかった。自分でもなにを言っているのかよく分からなかったけれど、森尾が俺を嫌うには十分すぎるほどの悪態だとは分かっていた。

「お前さ、自分の置かれた状況分かってんの？」

次の瞬間、ぶつように眼鏡を弾（はじ）き飛ばされた。視界がぼやけ、とたんになにも見えなくなる。

「眼鏡っ」

見えない恐怖に、思わず叫んでいた。ぼやけた視界の中で、森尾の嘲笑（あざわら）う気配だけが伝わってくる。俺は眼鏡を探そうとしたが、森尾の手に片手を易々(やすやす)と押さえこまれた。

「放せよ!」

空いている手を闇雲に突っ張ると、森尾の顎にあたった。でも森尾はびくともしなかった。不意に俺は、森尾と俺がどれほど違うのかを感じた。覆(おお)い被(かぶ)さってくる体の圧力は、想像よりもずっと大きく、重たくて、俺は恐怖で喉が震えた。

「これって抵抗してるつもり? はは、可愛(かわい)いな」

ばかにするように言い、森尾は俺の腕を軽々とはずしてしまう。それからすぐ、ジャージズボンのゴムに森尾の指がかかるのを感じた。そうして、森尾の指は容赦なく俺の下半身を剝(む)き出しにした。

「なにすんだよ!」

「俺、実は男も平気なんだよ」

冗談とも本気ともつかぬ声で、森尾が耳元に囁(ささや)いてくる。その言葉に、俺は森尾の意図を察してぞっとした。

「もっとも、お前みたいになまっちろいチビ、全然好みじゃないけど」

——好みじゃない。

そんなことは、言われなくてもとっくに知っている。森尾が俺のことなんて、ちっとも好きではないことくらい。そしてそう思ったら、どうしてか急に、力が入らなくなった。

森尾に下肢の間にあるものを摑まれると、下半身に甘い痺(しび)れを感じた。

「や、やだ……っ」

呻いて少しもがいたが、そのうち抵抗をする余裕はなくなった。森尾の指は巧みに動き、俺のそれをしごきあげた。先端をぐりぐりと指で押されると、先走りの汁が恥ずかしいほどにこぼれ落ち、尻のすぼみのほうに垂れて後孔(こうこう)を濡らす。透明なそれを俺の先端にぬりたくるように擦りつけ、森尾は喉の奥で嗤った。

「やだとか言って、その気じゃねぇの」

全身が羞恥で熱くなる。

（……死にたい）

森尾にこんな、みっともない姿を見られているなんて――。

声が漏れないように、俺は奥歯をぎゅっと嚙(か)みしめ、眼をきつくつむって耐えた。

「声出せよ」

苛立(いらだ)ったのか、森尾は乱暴に口に指を押し込んでくる。

「ん、うっ」

喘(あえ)ぐと、森尾は鼻で嗤った。その手がピッチを早めると、俺の頭の中は、どんどんわけが分からなくなっていく。先端をぐじゅぐじゅと握りつぶされ、カリの部分に押しあてられた森尾の親指がバイブレーターのように微妙に振動する。

「ん……っ、んうっんっんっんっんっ」

一瞬体が硬直し、耐えようとしたが、我慢できずに果てていた。森尾の手の中で。

電気のついていない天井には、窓から差しこむ晩夏の光が、帯状になって踊っていた。どこからか遠く、歓声が聞こえる。グラウンドではサッカー競技が行われているはずだ。

そのとき、浅く息をついている俺の両足を、突然森尾が抱えあげて自分の肩に乗せた。

「な、なにっ」

「まさか自分だけ気持ちよくなって終わり、ってわけじゃないよな」

森尾が前のめりになり、俺は両足を大きく開かされた。股を割られ、奥の、汚い場所を森尾に見られる羞恥で、俺は死にそうになった。

「やだ……、なにするっ」

「うるせぇよ、黙れ」

森尾は冷たい声で言い、ありえない場所に触れた。

「ひっ」

思わず、俺は声をあげた。でも森尾は止まる様子もなく、俺がこぼした精液を塗るようにしながら、後孔へと指を埋めてきたのだ——。ひき攣れるような痛みが背を走り、俺は想像したことのない場所に、想像したことのない行為をされている恐怖で震えた。

「やっぱ最初はキツいか」

どうでもいいことのように、森尾が咳く。

――なに？　これ、どういうこと？

俺はただただ、困惑していた。男同士のセックスで、ここを使うことは知識として薄々知っていた。男子校なので、そういう話題は聞きたくなくても耳に入ってくるし、実際、男同士でふざけてヤってる連中がいるのも、森尾にもそんな噂(うわさ)があるのも知っていた。

森尾はモテるから、男も女も、寄ってきたら相手構わず食っている――と。

けれどもちろん、その対象に俺が入るなんて考えたこともなかった。

それなのに今、森尾は俺を最後まで抱くつもりなのだろうか？　それも、黒田を貶(おとし)めた腹いせに、復讐(ふくしゅう)のように……？

「い、いやだ、やめろ……」

思わず抗議した声は、自分でも嫌になるほど弱々しかった。中に入っている指の感触が怖くて、力が出なかった。

森尾は俺の声など聞こえないように、すぐに二本目を挿入してきた。ひどい違和感と気持ち悪さに、吐きたくなる。

「それっ、やだ……ッ、ぬ、ぬいて……っ」

目尻に涙が溜まり、頬(ほお)をこぼれ落ちた。必死に言ったけれど、

「慣れたら気持ちよくなるんだぜ」

と、森尾はまるで取り合ってくれない。それどころか、怖がっている俺の姿を面白がり、嗤っているようだった。俺の内側に入った森尾の指は、開いたり閉じたりしている。痛みと気持ち悪さで、俺の息はあがり、ぜいぜいと呼気が乱れる。

「こんなもんか、まだちょっとキツいけど。もう面倒くさい」

——まるで、物にするみたいに扱うんだ……。

俺は気持ち悪さと怖さで、ぶるぶる震えながら思った。森尾が俺の気持ち、俺の言い分など、なに一つ意に介していないことを感じて、そうするとそれが、されていること以上に苦しく辛く感じられた。

——なんで俺、こんなことされてるんだろう？

……これって、悪い夢だろうか。

そう思っていた矢先、突然鋭く、裂くような痛みが尻の窄まりを襲った。

「いたい！」

「騒ぐんじゃねぇよ。人に見られたいか？」

俺は必死で、首を横に振った。ぎゅっとつむった眼から、ぼろぼろと涙がこぼれた。

——痛い。痛い痛い痛い痛い痛い痛い痛い。

後ろに入ってるものがなにか、俺にはすぐ分からなかった。

けれど痛みがおさまらないうちに、森尾が腰を動かしたので、それが森尾の性器だと知

った。

「い、いた、痛い……」

俺は泣きながら喘いだ。気を失いそうだった。味わったことのない痛みにもだったが、男に、森尾にこんなことをされているという事実にも、俺は心がひどく傷つけられて、打ちのめされていくのを感じた。

眼が見えないから、俺を見下ろしている森尾がどんな顔をしているか分からない。けれど貧相な体で、股を開いて森尾を受け入れている俺はきっとみっともないし、森尾はそんな俺を冷たく嗤っているだろう。

「ん、うう、う」

声が出そうで俺は両手で自分の口を押さえた。森尾は俺のことなど、まるでただの物かなにかのように扱い、激しく腰を振った。俺はもう痛みがどこからきて、自分の体がどうなっているのかさえ分からなくなった。

接合部の皮膚と皮膚が打ちつけあう、生々しい音が静かな教室に淫猥に響く。腹部が圧迫されて、ひどい苦しさだった。

「女みたいだな、委員長」

蔑みのこもった声が、朦朧とした意識の向こうから聞こえた。

そのとき、もう死んでもいいと、俺は思った。

もう死んでもいい。死んでもいいから、早くこの痛みを終わらせてほしいと。

永遠にも思えた長い時間だったが、実は一瞬だったのかもしれない。森尾は俺の中に熱いものをぶちまけると、さっさと性器を抜いた。俺はただ、床に転がっていた。森尾ののが抜けるとき、尻の窄まりからどろりとしたものが流れ出て、臀部を汚した。

セミの声がうるさいくらい、耳につく。天井に映る光の中で埃が踊り、時折きらきらと輝いている。

森尾は教室に置きっぱなしになっているトイレットペーパーで、自分の性器を拭いてジャージをはき直した。それからそのトイレットペーパーを、俺の横に放り投げる。それは俺の顔に軽くぶつかり、ころころと床を転げていった。

「そのへん汚れてるから、拭いとけよ」

もう俺の視界に、森尾の姿はなかった。やがて戸の開く音と閉まる音、そして遠ざかる足音が聞こえた。

ゆっくり顔を動かす。眼鏡がなくて、ぼやけた視界にはトイレットペーパーの白い塊があり、その向こうに、黒い塊が見えた。なんだろうとしばらく考えて、デジカメが落ちているのだと気付いた。

そういえば写真を撮らなきゃと、俺は思い出し、それから、一戦目の試合結果を知らないことに、今さらのように思い至った。

三

森尾に犯された――犯されたのだと思う、あれは――翌日は、朝から土砂降りの雨が降っていた。俺はその日熱を出したので、学校を休み、一日ベッドに臥せっていた。

正直に言うと、前日どんなふうにして家に帰ってきたのか、よく覚えていない。

眼鏡を見つけてかけ直し、言われたとおり床を拭いて、体育館に戻ったら、うちのクラスは一回戦で負けていて、クラスメイトはサッカーを観にグラウンドに移動していた。

体の節々が痛くて、犯された尻の窄まりがひりひりして、歩くのも辛かったから、俺は教師に言って早退した。森尾と顔を合わせるのが怖かったし、立っているのもやっとだったから、足を引きずるようにして、何時間もかけて家に帰った。ジャージ姿で、青ざめた顔で帰宅した俺を見て、お母さんは学校でなにかあったのかと心配そうだったけれど、俺は夏風邪だと嘘をついて部屋に引きこもった。

そのあたりから記憶がない。俺はベッドに倒れこむと、急な発熱で、一日中苦しい夢を見ていた。

夢の中で俺は、小さな子どもだった。

そうして誰かを追いかけている。あたりは光に満ちていて、前を行く背中も白い光に吸いこまれそうになっており、よく見えない。それでいて、周囲からは、叫ぶような声がする。

——うそつき！

——うそつき！

——うそつき！

泣いている子どもの声だ。泣いているのは誰だろう？　俺？　……それとも森尾？

そこで、眼が覚めた。


翌々日、まだ雨は降っていた。

熱が下がったので、俺は重い体を引きずりながら、傘をなるべく低くさして登校した。

学校に行くのは、本当は死ぬほどイヤだったけれど、何日も休むと心配性のお母さんが、なにかあったのではと勘ぐるので、仕方がなかった。

けれど登校する道々、同じ制服の生徒の誰もが、俺を指差してせせら嗤っているように感じられた。森尾が言ったとは思わないけれど、まるで誰もが、俺が男に犯されたことを知っていて、嘲っているような、そんな気分だった。学校が近くなり、同じ学校の生徒たちの姿が増えてくると、俺の胃はきりきりと痛み、額には脂汗が浮かんだ。

森尾と出くわしたらどうしよう。どうしよう、会ってしまったら。

それればかり考えていた。

またなにかされるかもしれない。

でも、どうして俺が怯えなきゃいけない？　悪いのは森尾だ。会ったら睨みつけて、悪態の一つでもついてやろう。

そう考えもするのに、同じくらい森尾が怖かった。犯された翌日からずっと、俺を見下ろす森尾の冷たい視線が脳裏に何度も蘇ってくる。俺の力ではびくともしなかった、大きな体や、俺をまるで物のように扱った怖いセックスも。

そのたび、水底に突き落とされたような息苦しさが、俺を襲ってきた。

気がつくともう教室のすぐそばだった。朝の校舎はがやがやとうるさく、雨のせいで湿った匂いが充満していた。

廊下の途中で、俺は突然、雷に打たれたように立ち止まった。

向こうから、森尾が黒田と一緒に歩いてきているのが見えたのだ。二人はバスケ部の朝練帰りらしく、大きなスポーツバッグを肩にかけていた。

心臓が一瞬止まり、次の瞬間うるさいぐらいに鼓動が強まった。喉がつまり、足が竦んだ。全身の血が潮のようにひいていき、体が冷たくなっていく――。

落ちつけ、落ちつけ俺。

普通にするんだ。俺はなにも、悪くない。

腹の底にぐっと力を入れて歩こうとしたのに、足がちっとも進まない。見てもいないのに、森尾が近づいてくる気配が、やけにはっきりと伝わってくる。

そばに来た瞬間、俺は耐えきれなくなって、顔を上げて森尾を見ていた。睨まれるなら睨み返し、なにかされるならやりかえそうと思った。でも森尾は、黒田と談笑しながら俺のほうなど見向きもせずに通りすぎた。横をすり抜けるとき、森尾の体からは雨と土の、青い匂いがした。

「森尾、こないだの小テストのヤマ張ってくれたろ。あれ、大当たりだった」

「だろ？　金払え」

黒田と森尾の楽しげな声が、背中越しに聞こえた。

心臓が、ズキン、ズキン、と音をたてて痛んでいる気がした。

廊下の窓に打ちつける雨の音が、急に激しさを増す。その場に固まっていた俺はようやく我に返り、急いで教室に駆けこんでいた。

その日は授業の内容が、まるで頭に入らなかった。

森尾は俺を無視したのだ。黒田と一緒だったからかもしれないが、どちらにしろ、森尾にとっては、二日前に俺を犯したことなんて、もうどうでもいいことなのだろう。もしかしたら既に、頭の中から排除して忘れてしまっているのかもしれない。

英語教師が退屈な英文を読みあげているとき、ふと、黒田が俺の掃除を手伝おうとしてくれたことを思い出した。床にへばりついたガムをはがそうと、しゃがみ込んできたっけ。

……ちょっと気になっててさ、クラスのヤツらに、無理矢理やらされてないか?

黒田はそう言った。気になってて、と。毎日教室に残って掃除している俺に、いつから気付いていたのかは知らないけれど、浦野（うらの）でさえなにも言わないのに、黒田は気にかけてくれていた。クラスメイトにさえ名前を覚えられていない、影の薄い俺のことを、どうしてそう思ってくれたのか分からないけれど。

「……きっと、いいヤツ、なんだろうな」

誰にも聞こえないように呟（つぶや）いてみる。するとなにかが喉につまるような、変な感じがした。

いいヤツ。

俺には死んでも使われない言葉だ。俺は性格が悪い。いじけていて、ひねくれていて、周りのことを嫌っていて、同じくらい嫌われている。

（黒田はいいヤツだから……森尾はあれだけ俺に怒ったんだ。黒田の前だから、俺のこと無視したのかも……）

けれどそう考えると、黒く濁った感情が、胸のあたりにむくむくと立ちあがってくる。

（黒田はあんなに恵まれてるのに……家に父親がいないくらいなんなんだよ。俺だって……苦労してる）

どうせあいつらに、分かるわけないけどと、俺は思った。いじけてひねくれた考えに、心臓がじくじくと痛むような気がしたけれど、俺はそれを無視した。

やがてチャイムが鳴り、授業が終わった。教師が出ていくと、教室内は一斉に騒がしくなる。雨はますます激しさを増し、戸外は薄暗く、その分室内は明るく感じられていた。

休憩時間に喋る友だちもいない俺は、英語の教科書をしまい、国語の教科書を出した。そのとき肘があたったせいで、机の上に置いていたノートが床に落ちた。拾おうと椅子をひくと、ちょうど横を、森尾が通った。長身の影に、俺はびくりと震えた。森尾は床に落ちた俺のノートを一瞥したが、そのまま踏みつけて教室を出ていった。

拾いあげると、ノートには森尾の上履きの跡がくっきりとついていた。

「……デカい足」

汚れを払うと、指先に土が付着した。

（……俺のことは、これからは完全無視、するつもりか）

よく考えてるなぁと、素直に思った。

あんなふうに犯されたあとで、これほどはっきりと無視されたら、こたえる。

森尾が俺のことを大嫌いで、ゴミみたいに思っていることが、手にとるように分かってしまう。悪いのは森尾のはずなのに、まるで俺がダメな人間だから憎まれたような、そんな気持ちになる。

(でも森尾は手馴(てな)れてたし……別に、こないだ俺を抱いたのだって、大したことじゃないんだろうな)

俺だって女の子じゃないし、強姦(ごうかん)されたと、騒ぐつもりもないけれど。

(犬に噛まれたと思えって、ことかな)

セックスなんてきっと二度としない。

男となんて真っ平だし、女の子とだって、俺みたいに男としての魅力がゼロの人間を好きになる子はいないだろう。

(一生で一度の悪夢だったたって……思えばいい)

無視されているのは、元からなのだから大したことじゃない。

ノートを机上に置き直すと、俺は眼を閉じて息を大きく吐き出した。体の奥、胸の中なのか、犯された後ろなのかがひどく痛かったけれど、それはもう、気にしないことにした。

放課後まで、森尾は結局一度も俺を見なかった。

ホームルーム後の掃除は、いつもどおり俺一人。なにも変わらない。

何度となく犯されたときのことを思い出したけれど、あれは遠い悪夢で、もう終わったことだと、俺は自分に言い聞かせながら掃除をした。

それでも体がだるくて、作業にはいつもより時間がかかった。のろのろと机を寄せていると、間違って机を倒し、引き出しの中に置きっぱなしにされた教科書やノートをぶちまけてしまった。

「あーあ……」

自分に呆れながら、俺は教科書をかき集めた。そういえば一昨日も、同じことがあったっけ。森尾に机を蹴られ中のものが飛び散り、拾えと言われたのだ。あのときの森尾の、まるでゴミを見るような冷たい眼――。

思い出したとたん、鼻先がツンと痺れて喉が痛んだ。拳をぎゅっと握り、やってくる衝動をやり過ごすために眼を閉じた。

……泣くもんか。

こんなことで、泣いたりなんてしない。

外には雨が降っていて、窓越しに遠雷が聞こえてくる。この雨があがったら、夏は終わり、気温は緩やかに下っていくだろうと、今朝の天気予報で言っていた。

「崎田（さきた）、掃除終わったか」

不意にガラリと戸が開き、浦野が顔を出した。俺は慌てて、床に落ちた教科書を拾い集め、机の中におさめた。

「なんだ、まだ途中か」

室内を見渡して呆れたように呟くと、浦野は「終わったら準備室に来なさい」とだけ言い残して立ち去った。俺はもうなにも考えないようにして、掃除を続けた。

数学準備室に向かうころには、日はほとんど沈んでいた。

薄暗い廊下に人気（ひとけ）はなく、俺の足音だけが大きく響いた。数学準備室の扉の隙間からは、細長く光が漏れていて、ノックをすると、中から「入りなさい」と声がした。

準備室には浦野以外は誰もおらず、みんな帰ってしまったあとのようだ。普段は喫煙室でタバコを吸う浦野が、窓を開けて、雨だれを見ながらタバコをふかしていた。

「悪いな、呼びつけて。そこに座りなさい」

明るい笑顔で言うと、浦野は携帯灰皿にタバコを入れて消し、窓を閉めた。

俺は応接用の椅子を差し示されたけれど、あまり座りたくなかった。

浦野とは、正直話したい気分ではなかった。黒田のことを訊くべきではないのか。そういう気持ちもあるけれど、今日は一日森尾を意識しないようにと気を使い、ぐったりと疲れて、頭の芯がぼうっとしている。家に帰って、早く眠りたかった。

「あの、俺、すぐ帰ります。用件だけ言ってください」

「俺ももうすぐ終わりだから、家まで車で送ってやるよ。心配するな。大事な話だから座って」

浦野はやっぱり明るい声で言い、もう一つある椅子に腰を下ろす。

（黒田のこと……話すつもりじゃないのかな？）

それならこんな明るい声を出すだろうかと疑いながら、俺は仕方なく、浦野の向かいに座った。

「……なんですか」

「そんなに警戒するなよ。崎田はなかなか、心を許してくれないな」

困ったように、浦野が笑った。俺は結構、崎田を贔屓してやってるだろ？　と、冗談なのか本気なのか分からない、どこか甘ったるい声で言われて、俺はなんだか嫌な気持ちになった。

「話ってのは、城稜大の指定校推薦のことだよ。黒田が枠からはずれてな。今有力なのはお前だ。他にいないから、たぶん決まるだろう。よかったな」

浦野は体を傾け、俺の肩を軽く叩いた。

「黒田は残念だったが、まあ仕方ない。普段の素行が悪かったんじゃあな」

どうしてなのだろう。

俺は得体の知れない、嫌な感じを受けた。気がつくと咄嗟に、「でも」と口走っていた。

「俺、本当は黒田が吸ってるとこなんて……」

「見たんだろ?」

浦野はたたみかけるように言った。まるで駄々ッ子を見るような眼で微笑み、俺を見ている。

「見たのはタバコの箱だけで、吸ってるとこは……あれは、後輩から取り上げたものだって……黒田のものじゃないって、あとで聞いて」

森尾が言っていたことを思い出し、俺は喘ぐように口にした。それでも浦野の表情は、一ミリも変わらなかった。ただ、なに言ってるんだ、と苦笑されただけだ。

「お前は、見たって言っただろ? それとも俺に嘘をついたのか? 推薦枠をとりたいから、教師に嘘ついたってことか?」

俺は言葉が出なくなった。

――だってどういうことだよ? 俺が推薦されたくて、嘘をついた? そんなはずがない。浦野だって、知っているはず。それなのにどういうつもり?

不意に体が震え、俺は信じられない気持ちで、じっと浦野を見つめた。

眼を細めた浦野に、こめかみをそっと撫でられる。その妙な仕草と、笑んでいるようで本当は笑っていない眼の色に、俺は本能的な危機感を覚えた。

「俺、帰ります」

立ちあがりかけた俺の腕を浦野が引き戻し、俺は呆気なく座っていた椅子に倒された。

「車で送ってやると言っただろ？」

浦野は言い、俺の倒れている椅子の肘掛に両手を置いて、立ちあがった。俺に覆い被さって、どんどん近づいてくる浦野に、俺はこれが現実だとは思えなくなっていた。

……だって、なんで浦野が、俺を……。

俺はずっと、森尾に犯されたときから、とんでもなく長い悪夢を見ているのだろうか――？

「城稜の、指定推薦をとってやったんだぞ。学費も安くなるし、親御さんも喜ぶ。来年は一年、遊んで過ごせる。そのためにお前は、俺に嘘をついたんだ。それを、知られてもいいのか？」

窓ガラスに打ちつける雨音と雷の音が、どんどん激しく、強くなる。浦野の声は妙な熱を帯び、低い。

「先生が……俺に訊いたから……だから、俺は」

「答えたのはお前だろ？」

浦野は唇の端で笑った。

「お前は小さくて可愛いな。ずっと……そう思ってたんだ。自慰はしたことがあるか?」

浦野の手が俺のズボンのジッパーにかかった。俺は突然迫りあがってきた恐怖と嫌悪に、叫び声をあげようとした。でも浦野の手が振りあがり、先に頬をはたかれた。鋭い衝撃に喉がひきつる。

次の瞬間、口の中にタオルを突っこまれていた。それをとろうとしたら、両手ごと、浦野に片手でまとめあげられて椅子の背に押しつけられる。肩と手首がねじれて痛む。

――いやだ!

叫んだ。叫んだけれど、声はタオルに吸収されて音にならない。

「おとなしくしなさい」

興奮しているのか、上擦った声で言い、浦野は喉の奥で嗤った。

「先生の言うことは、きくものだろ?」

――いやだ! やめて! 誰か……助けて……!

けれど助けなど来ないと知っていた。俺はぎゅっと眼をつむる。ズボンと下着を下ろされ、浦野の手が、力なく垂れ下がった俺自身を握りこんだ。

――なんでこんなことが、何度も続けて起こるんだろう?

森尾のせせら嗤いが、耳の奥に蘇ってきた。女みたいだと言って嗤い、俺を床に放り出したまま見向きもしなかった、冷たい森尾……。つむった眼に涙がにじみ、眼鏡の内側で蒸発していくのが分かる。

下肢をしごかれ、シャツをはだけさせられた。と、乳首に生ぬるい感触が走り、体がびくりと震える。

「ここの感度も悪くない。さすが成績優秀者だ」

浦野は俺の乳首に吸いついた。もどかしい刺激と一緒に、下肢をしごかれる甘い痺れを体に感じる。けれどそれよりも嫌悪感でいっぱいで、いやでいやでたまらなくて、俺はずっと震えていた。

気がつくともう我慢できなくなり、俺はぼろぼろと涙をこぼしていた。

こんなのは嘘だと思った。

――嘘だ嘘だ嘘だ。

嘘だから考えない。嘘だから知らない。知らない、知らない、知らないと思った。

別のこと考えよう。俺はそう思い、中学校のころに覚えた、谷川俊太郎の『朝のリレー』の最初はなんだっけと考えた。カムチャッカの若者がきりんの夢を見ているとき。そのフレーズが頭に浮かんだ瞬間、

「んうっ」

突然襲ってきた強い痺れに、背筋がピンと張った。

「別のことを考えてるなんて余裕じゃないか」

浦野がくぐもった声で言い、俺の性器の先端を、ぐりぐりと刺激してきた。

「んんっんっ」

「なあ、来年一年は、遊んでいられるぞ」

受験がないからな、と浦野は言う。

「先生と遊んでいなさい……すぐ、好くなるから……」

浦野の生ぬるい息が耳元にかかり、全身が気持ち悪さに総毛立った。いやだ、放して、誰か助けて……と、思ったそのとき、ごく間近で雷鳴が聞こえたような気がした。

「先生、まだいんのー？」

準備室の扉が開く。誰かが、能天気な声をあげていた。

俺は眼をつむったままで、なにも見ていなかった。

――カムチャツカの若者が、きりんの夢を見ているとき……。

ただ頭の隅で、そのフレーズの続きを思い出そうとしていた。これは現実ではないと、逃げてしまおうとしていた。

けれどそれでも、廊下を走る足音と叫び声が、聞こえなかったわけではない。

眼を開けると、涙に曇った眼鏡の向こうで、青ざめた浦野の顔が見えた。

ふっと意識が遠のく。瞼の裏に、走っていく背中が浮かび上がる。まるで風のように、その背中はぐんぐんと遠ざかって、小さな点になる。

待って、と言って、幼い俺が夢の中で追いかけている。

それは息苦しい夢だ。追いつこうとして走る俺の足は、いつも、もつれて動かなくなる。


眼が覚めると、視界に映ったのはただの白いものだった。鼻先には、薬品の香りがプンと漂ってくる。

（……どこだろ）

眼鏡をかけていないので、なにがなにやら分からない。記憶をまさぐるのも面倒で、投げだした手足のだるさにただぼんやりしていると、しばらくして、誰かの影が俺のすぐ真上に落ちてきた。

「路、起きたの？　起きあがれる？」

その声の主はお母さんだった。お母さんは心なしか震え、怒っているようでもある。

校長先生が呼んでいるからと、お母さんは俺に言葉すくなに言って、眼鏡を差しだしてくれた。こういうことがあったとか、なにがあったの？　とは、言わない。

眼鏡をかけると、俺が寝ていたのは学校の保健室だと分かった。横に立っているお母さんの顔はひどく青ざめていて、俺はなんとなく、お母さんがどこまで知っているのか分かったような気がした。

校長室に入ると、

「いや、まったくこんなことになるとはね」

待っていたらしい校長が、薄い頭髪をかきながら、こんなときには不似合いな、困ったような笑みを浮かべている。ただその眼は明らかに落ち着きを失くし、忙しなくあちこちへ動いている。一緒にいる教頭も、額の汗をしきりと拭いている。戸外は真っ暗で、俺は自分が気を失ってから、かなり時間が経っているのだということに気付いた。

「まぁ、なんだ。浦野先生はね、とりあえず辞めてもらうことになったから、安心してください。うん、いや、普段はいい先生なんですが」

校長室に浦野の姿はなかった。歴代の校長だかなんだかの写真がかかったその部屋で、俺はぼうっとソファに座ったまま、「はぁ」とだけ呟いた。

「それで、どうだろう。我々も話しあった結果、君も大事にはいたってないようだし、あまり周りに知られたいことでもないだろうから、今回のことはとりあえず口外しないほうがいいと思っているんだが」

校長のはげた頭に、蛍光灯の光がチラチラとはねていた。俺はまるで、壁にかかった無機質な風景画を眺めるような気持ちで、校長と教頭の顔を見ていた。

一体、なんの話をされているんだろう。

「で、城稜大学の件なんだが……君も人に変な噂をたてられたくないだろうから、今回は一旦、反故（ほご）ということにして、再度審査し直すほうが……我が校には他にも、指定の枠がある。君ほど優秀な成績なら、どこでも入れるだろうし、どうかね」

妙に優しく笑う校長の顔が、気味悪かった。胃の底がむかついていて、俺は早くこの場を立ち去りたくて、話の意味も分からなかったけれど、とにかく頷いた。校長と教頭は、あからさまにホッとしたように顔を見合わせた。

「そうか、よかったよ。まあなんだ、浦野先生も魔がさしたんだろう、男ばかりの学校だからな……君も運が悪かった。早く忘れることだよ」

校長はそう言って、俺の肩を叩く。すると俺の横に座って、ぶるぶると震えていたお母さんが、「路は、被害者なんですよ」と叫んだ。

「あんまりな言葉じゃないですか？」

とたんに、教頭が慌てた様子で、「もちろん、もちろんですとも」と何度も頷く。

「いやほんと、ただ、崎田くんは小さいですから、浦野先生も可愛さあまってつい、といったところでしょう」

教頭の言葉に、校長だけが笑った。お母さんは小さな両手を、膝の上でぎゅっと握りしめていた。

とりあえず帰ることになり、校内の駐車場に停（と）めていた家の車に乗りこんだ瞬間、お母さんが、

「学校、変えてもいいからね」

とだけ、言った。

俺は一言もしゃべらなかった。雨はまだやんでいなくて、暗い座席のウィンドウ越しに、街灯とテールランプを受けて、時折きらきらと光る雨粒が見えた。街の灯(あか)りはネオンになり、雨にけぶって揺れていた。

俺は眼を閉じて、家につくまでの間、瞼の裏に踊る風のような背中を思い出していた。体育館のコート、走っていくしなやかな筋肉、美しく完璧なフォーム、ジャンプするとボールはきれいにバスケットに入る。それは森尾の背中だ。

……森尾になりたい。

鼻の奥がツンと痺れて、眼の奥から熱いものがこみ上げてくる。

俺が、森尾だったらよかった。

小さなころから何度も何度も、ばかみたいに何度も思ったことを、俺はまた繰り返し思っていた。

――森尾だったらよかった。崎田路なんて、誰もいらないよ。

四

その日の朝、登校してきて教室に入った俺は、思わず眼を疑った。

黒板にでかでかと書かれていたのは、こんな文字だった。

「淫乱委員長S、放課後の準備室で担任Uとご乱交！」

その下にはご丁寧にもへたくそな絵が描かれていて、それは眼鏡をかけた小柄な男が、尻を突き出して四つんばいになり、その上に男が馬乗りになっているというものだった。横に描かれた吹き出しでは、俺らしき男が「あぁ～んもっと～」と叫び、浦野らしき男が「お前を大学に入れてやるぞぉ～！」と言っていた。

「お、委員長いらっしゃ～い！」

あまりのことに思考がついていかず、戸口のところで硬直していた俺を、いち早く見つけたのは大村だった。

とたんに、教室中の視線が集まってくる。その中に、森尾の視線もあった。森尾は、俺と眼が合うと汚いものを見たあとのように眼をすがめた。瞬間、頬がかっと熱くなり、俺はズカズカと教室に入ると、黒板消しをとって乱暴に消した。

「やだ〜、消しちゃうのぉ、二人の愛の記録〜」

背後で大村が言い、周囲がどっと沸いた。嫌悪と怒りと苦しさで、心臓が嫌な音をたてた。上手く息ができなくなる。

「なぁなぁ、委員長実際どうだったのよ、浦野のチンコ。大きかった？」

すべて消すと、俺は黒板消しを置き、話しかけてくる大村を無視して自席に向かった。でも、机の上に置かれたものを見て身動きがとれなくなった。むきだしのままのコンドームとセックス用のジェルが、そこには無造作に置かれていた。

「男同士でもセイフティセックスしなきゃな！　それプレゼント」

誰かが言い、室内にはまたしても、大笑いが起こった。

「なぁでもさぁ、浦野も物好きだよな、俺委員長にはハメたくねぇよ。やってる最中まで真面目そー」

「言えてる。セックス中も勉強してたりして。エックス二乗アンアンそこ！」

「ホモっつうよりショタ風味？　ちゃんとチンコに毛とか生えてんの、委員長ー？」

「ていうかムケてんのォ？」

ゲラゲラと、下品な声が交差する。頭の中が白くなり、意識がすうっと遠のいていきそうになったそのとき、

「お前ら、やめろよ！」

突然、誰かの声が響いた。嵐のようだった笑い声がシンと静まる。戸口から、教室に入ってきたのは黒田だった。

「崎田がかわいそうだろ。昨日見たっていう生徒の話、ちゃんと聞いたのか？　どう聞いたって、脅されてたって話だろ！」

――ああなるほど、どこから話が漏れたのかと思ったけど、昨日現場を見た生徒か。

まあ、黙っているわけがないよなと俺は他人事のように思う。

その間にも、黒田は俺の席までやって来ていた。机の上のコンドームとジェルを、黒田は乱暴に、ゴミ箱に投げ捨てる。

「なんだよ黒田、白けさせんなよ」

大村が唇を尖らせても、黒田は取りあわなかった。

「崎田、あんなの気にするな」

優しい声で、黒田は俺の顔を覗きこむようにして言った。視線をあげると、黒田の気遣わしげな眼差しにぶつかった。

瞬間、黒田の横でいつも笑っている森尾の姿が頭の中に思い出されて、消えていった。

「……お前には、関係ないだろ」

気がつくと俺は、そう言っていた。そうして黒田の大きな胸を、ドン、と突き飛ばしていた。もっとも大柄な黒田の体は、俺の非力な腕ではびくりとも動かない。

「善人ぶるなよ。俺はべつになんともない……俺が候補はずれたから、お前はまた城稜(じょうりょう)狙えるぞ。よかったな！」

——ああ、まずい。言っちゃだめだ。

そうは思ったけれど、止められなかった。黒田の顔を見られずに顔を背け、俺は怒鳴った。

「お前は別のクラスだろ！　首突っこんでくるなよ！」

言ったあとには、死のような沈黙が訪れた。

「……悪かったな、俺、ちょっと気になってさ」

数秒後、黒田はそっと、苦笑した。困ったように頬をかき、それから、じゃあヨソ者は去るわ、と言って、教室を出ていく。大きな背中が少し丸まって、淋しげだ。胸の奥が痛んだが、それ以上にどうしてか、とてつもなく悔しかった。

「なんなんだよ、お前！」

とたんに、大村が声を荒げた。

「信じらんねー！　まじで性格最悪！」

うるさいんだよと、俺は思った。イライラしていて、頭が痛かった。クラスメイトたちは舌打ちし、あるいは苛立たしげに俺を睨み、

「よせよ、大村。もう相手にすんな」

「そうそう。あー黒田かわいそー」

と白けたように言う。

――うるさい。

俺は聞かないように聞かないようにと、頭の中で繰り返した。振り向くのが怖くて、顔を上げることもできない。なにも見ないようにして、席に着く。

きっと森尾は、俺を殺したいと思ってる。

そう、俺は思った。優しくしてくれた黒田をはねつけた俺を、殺したいと思っている。

――みんなうるさい。

絶対思っていると、そう確信できた。


季節は巡り、九月も下旬になると、朝夕は大分涼しくなってきた。

球技大会が終わって、二年生は一気に大学受験の雰囲気になった。

けれど俺は、勉強どころの状態ではなかった。

最初に俺と浦野の「現場」を見つけた生徒から、俺が浦野に犯されていたことは学校中に知れ渡ったようだった。ついでに、黒田に対して俺がとった態度のことも。

廊下を歩けば悪意のこもった野次か、聞こえよがしの悪口が飛んできたし、クラスメイトからの嫌がらせも、日に日にひどくなっていった。

その日の体育の時間、俺は、授業を見学した。

ロッカーに入れていた体操服の背中に、「男のちんぽ大好き」と、油性ペンで書かれていたからだ。体操服を忘れたと言い訳する俺を、体育教師が叱り飛ばしている間、クラスメイトはにやにやと笑っていた。

ラクガキは俺の机や教科書にも及んだ。ある日は、上履きに男性器の絵が描かれていて、購買で買っても買っても同じことをされ、俺は何足も上履きを捨てた。

朝、学校に来て教科書をしまおうとすると、中からごっそりと使用済みのコンドームが出てくることもあった。もはや誰がなにをどう嫌がらせしているのか、分からなかった。

学校中が俺を嫌っていた。

噂には尾ひれがつき、俺は指定校推薦をとるために、浦野と毎日のように寝ていたのだということになった。

俺が放課後残って掃除をしていたのも、浦野と逢い引きをするためで、俺たちがあちこちでセックスしている現場を見たという者が、冗談なのかなんなのか、何人も出てきた。

でも俺がそんな中で、一番こたえたのは、森尾の無視だった。

クラスメイトがこぞって俺に悪口雑言を浴びせているときでも、森尾は俺のほうを見向きもしなかった。興味がないかのように、あさってのほうを見ているか、時々こっちを見てもすぐに視線を逸らした。

眼に入れる価値もない。入れたくもない。

そう、軽蔑されているのだと思い知った。

どこに行っても俺は人目につき、あれこれと揶揄の対象にされる。

昼はとても教室で食べられなくて、人気のない裏校舎に逃げ込んだ。

けれど、弁当は半分も食べられなかった。食べるとどうしてか気分が悪くなり、すぐに吐いてしまう。

かといってそのまま持って帰れず、俺はこっそり中味を捨てていた。

夕食もほとんど食べず、だんだん痩せてきた俺のことを、お母さんは過剰に心配していた。浦野のことがあってから、もともと心配性だったお母さんは、余計に過敏になっていた。俺はごまかすために、家では元気に振舞っていたので、弁当を食べていないことがバレるのは困る。

幼いころから、俺は視力が弱くて育ちも遅かったから、お母さんは今でも自分を責めている。丈夫に生んであげられなかったと、時折泣くのだ。

俺は自分に友だちがいないことも、学校でいじめられていることも、お母さんには話せなかった。お母さんはなんでも、自分が俺を弱く生んだせいだと思うから。

そうしているうちにも季節は過ぎ、制服は衣替えの時期がきた。

この時期は大体みんな、長袖のシャツにベストをあわせる。学校の花壇にはコスモスが咲き、色とりどりの鮮やかな花が、裏門のあたりからグラウンドにかけて広がった。

空は高くなり、入道雲のかわりに、すじ雲がたなびくようになった。

浦野がいなくなって副担任が急遽担任に変わってからも、俺は一人で掃除をしていた。状況は前よりひどくて、クラスメイトは俺の掃除を大変にするために、わざとあちこち汚すようになり、帰りにはゴミ箱を蹴散らしていくようになった。あまり食べられなくなったせいで、体力も落ち、そのせいで机一つ運ぶのも前よりきつい。掃除は以前より時間がかかって、俺はいつも室内が薄暗くなってから、帰り支度をはじめていた。

ゴミ出しが終わり、自分の荷物をまとめてから、ふと窓辺に寄って外を覗いた。

西日が空を燃やし、橙色の光が教室に差しこんできて窓枠の黒いシルエットを床に落としていた。

うちの教室の窓からは、裏庭の小道が見える。その道をなんとはなしに眺めていたら、見知った二人が通りすぎた。部活のジャージ姿の、森尾と黒田だった。

森尾は黒田の肩に腕を回し、その頭を小突いたりしている。黒田はそれに、笑いながら応えていた。

（楽しそう……）

だんだんと遠ざかっていく二人の背に、夕日が落ちる。

森尾って、黒田のこと好きなのかな。

（男も平気だって、言ってたし……）

俺みたいななまっちろいチビは好みじゃないと言っていた。きっと黒田みたいなのが、好きなのだろう。

（俺と黒田って、正反対。体もだけど、性格も……）

黒田は、いいヤツで、俺は、イヤなヤツ。

窓ガラスに額を押しつけると、そこだけひんやりと冷たかった。

子どものころ――森尾はいつも一番前を走っていた。マラソン大会でも、百メートル走でも、バスケットでもサッカーでも一番前を。いつも金メダルをもらい、俺はその背中しか見たことがない。その背中さえ、追いかけても追いかけても、いつしか豆粒のようになり視界から消えてしまう……。

きっと森尾からしたら、俺なんて、生きていなくてもいいくらいのもの。

――だからあのときも、六人しかいないって、言ったんだろうな。

小学生のときのことをふと思い出し、俺は小さく、

「帰ろ」

と、呟いた。

考えても仕方のないことだ。俺は気持ちを切り替えて、窓辺を離れた。

「あ～、最近話題の淫乱ちゃんだ」

そのとき不意に、大きな声がした。俺はぎくりとして足を止めた。

戸口に数名の影が立ち、俺はぎくりとして足を止めた。教室内に、別のクラスで見かけたことがある、大柄な男たちが三人、入ってきた。

真ん中の一人だけ、俺は名前を知っていた。たしか岸辺(きしべ)といったはずだ。髪を明るく染め、制服を着崩したこの男は明らかに素行の悪い人間で、それは森尾や黒田の素行が悪いというのとは、まったく意味が違う人種だった。

森尾と黒田は単純に取り巻きが多く、その取り巻きがやんちゃなために、素行が悪く見えているにすぎない。実際は意外にも真面目な二人だ。けれど岸辺は、こんな進学校には珍しい不良の部類に入る人間で、そばに立っているのも、岸辺と一緒によく問題になっている二人だった。

「いっつもお掃除、精が出るよね～」

「浦野いないのに、健気(けなげ)だよねぇ、それとも次の男捕まえるために待ってんの？」

あひゃひゃ、と下品な笑い声があがった。俺は無視して、急いで机の上の荷物をとってカバンを肩から下げた。

こんなヤツらと関わっていられない。すぐに帰ろうと思った。

けれど反対側の戸口から出ようとした矢先、素早く回りこんできた岸辺が、足をあげて出入り口を塞いだ。出ようとした俺はヤツの脛に、腹を食いこませることになった。

「帰るんだからどけよ」

そう言って睨みつけたのが、逆効果だった。

「俺たちヒマなんだよ、遊んでよ～」

付き合ってられないと、もう一方の出口に向かおうとしたとたん、岸辺の手が肩に置かれ、瞬間、突き飛ばされた。衝撃が背を襲った。床に投げ出されたのと同時に、かけていた眼鏡がはずれて飛び、視界が一気にぼやけて、戸を閉める音がガラガラと聞こえた。

「おい、お前ら押さえとけよ」

岸辺が面白がるように言い、俺は慌てて起きあがろうとした。

でも誰かの足が、俺の肩を蹴るほうが先だった。鋭い痛みが右肩を突き、俺は倒れた。頭を打ったせいで、くらくらする。その間に、両腕と両足首を押さえこまれた。

「へ～、いい眺め。野郎なんか押し倒しても面白くもねぇけど、こいつ、眼鏡とるとわりと可愛い顔な」

岸辺が言っている。ぼやけた視界の中に、ヤツの大きな影が黒い塊となって映っていた。

「岸辺、コイツどーすんの」

「いや、浦野とヤリまくってた体ってどんなもんかなーと思って。もしかして俺でも欲情できっかもしれねえよな？」

「は？　男にできるかよ、きしょくわりい」

「突っこんじまえば穴は一緒だろ？」

直感的に俺は、岸辺が半ば本気だということに気付いた。一瞬で全身が熱くなり、次には凍るような気がした。

「いやだ！　放せ！」

「おい、なんか口に突っこんどけよ」

「なんかってさあ」

俺が騒いでいると、岸辺はちっと舌打ちした。それから突然、口の中に乾いた嫌なものが押しこまれた。俺はすぐに、それが教室に置いてあるトイレットペーパーだと気付く。舌の先に、溶けたペーパーがまとわりついてくる。

ベストがたくしあげられ、シャツが乱暴にはだけさせられた。ベルトが抜き取られ、ズボンが下ろされる。俺の体を押さえていた一人が、ぷっと噴きだした。

「おいおい、こんなんに欲情できんの？　おっぱいねーと俺はムリだね～」

「欲情しなくたって、勃てることはできるぜ」

トイレットペーパーが口から抜き取られた。と思うと、突然そこにぐにゃりと柔らかいものが押し込まれた。ツンと酸っぱい臭いがする。

「ほら、浦野にはいつもご奉仕してやってたんだろ？　しっかり頼むぜ、委員長さん」

──ああこれ、岸辺の性器だ。

俺はそう気付いた。

気付いた瞬間、もう思考が停止し、呆然としてただ固まった。

岸辺はというと、自分のものを俺の口の中に押しこんだまま勝手に腰を振ってきた。喉の奥を突かれ、口いっぱいにやつのものを頬張らされ、俺はむせた。

「んうぅっんぐっんくっ」

「結構そそるじゃん、その顔」

そういう岸辺の呼吸が、だんだんと乱れていく。

同時に、俺の口の中でヤツの性器が質量を増し、その先端から苦い、ねっとりしたものが溢れて、俺の舌を汚した。

……俺、なにされてるんだろう？

なにが起こってるんだろう？

分からなくて、俺はただただ寝転がっていた。

苦しくて悔しくて腹がたって、でも、なにも考えられなかった。怖かったのだ。

体がずっと震えていて、力が入らなかった。

「もういいや、本番本番」

荒い声で岸辺が言い、口の中を圧迫していたものが抜き取られた。唾液と、ヤツの精液で、俺の口の周りはベトベトになって気持ち悪く、使われた顎が痺れて痛かった。

でもそんなこと、次の瞬間には吹き飛んでいた。

「ひぁっ、あ！　ああ！」

喉の奥から叫びが出た。

岸辺は馴らしもしないで、いきり勃った性器を、俺の後ろにいきなり突き入れたのだ。俺の後孔はそれを拒み、硬くなる。けれど岸辺は力任せにぐいぐいと押しこんできて、裂かれるような痛みと一緒に、俺の体は上へ上へとずれていく。

「おい滝川（たきがわ）、しっかり押さえてろよ！　入んねぇよ！」

滝川と呼ばれた男が、俺の腕を放して肩を押さえた。さっき蹴られた肩に激痛が走ったが、そんなことを気にする余裕もなかった。不意に岸辺が、ものすごい勢いで俺の後ろを貫いたせいだ。

声にならない叫びが、喉から迸（ほとばし）った。

一瞬気が遠のいた。そして戻ったとたん、激痛に全身が引き裂かれたようだった。

岸辺は腰を揺すり、俺の中を行き来した。頭の神経が痛みに尖っていき、破裂する。食いしばった奥歯が、口の中の肉を嚙んで血の味が広がった。ぎゅっと閉じた瞼から、涙が溢れて止まらなくなった。もうどこが痛くて、体のなにがどうなっているのかも分からない。

「すげ、狭い……ッ、いいぞ、こいつの体」

切羽詰まった声がする。

意識が朦朧としてきて、俺は死ぬかもと感じた。

それからなにかが突然、腹の中にぶちまけられた。生ぬるい気持ちの悪いもの。岸辺の精だと分かったのは、数秒後だ。俺は嗚咽し、ただその場に転がっていた。

「おい、こいつの具合、ハマるぞ。お前も使ってみろよ」

腹部を圧迫していたものが、痛みと一緒にずるずると排泄される。尻の孔が痛くて、うっすらと血の匂いがした。

そのとき、俺はもう、一つの大きな筒にされていた。

すぐさま、他の硬くて熱くて痛い――滝川という男の性器が入れられ、筒になった俺は揺すられた。喉から、痛い、痛いと声が漏れたけれど、それももう自分の声だと思えなかった。ただ涙が溢れて止まらなかった。しゃくりあげながら、俺は大きな筒。大きな筒だと、自分に言い聞かせた。

筒だ。崎田路じゃない。崎田路じゃないから、傷ついたりしないと――。

「路、遅かったじゃない！　心配したのよ！」

玄関をくぐったら、奥からお母さんが出てきた。お母さんは俺の顔を見た瞬間足を止め、ぐっと息を呑みこんだ。

「……ど、どうしたの？　顔色悪いわよ」

「ん、なんでもないよ。ちょっと疲れただけ……」

俺は笑ってみた。

唇の筋肉を動かすのが、変な感じ。

頭の芯がぐずぐず溶けていて、体はふわふわしているのに、痛みだけははっきりと伝わってくる。歩くたびに引き裂かれるような痛みが後孔を襲うのを隠すようにして、俺はお母さんを奥に急（せ）かしながらなるべく普通に歩いた。

「ほんとになにもないの？　あんた、真っ青よ」

「だから疲れただけだってば」

二階の俺の部屋に入るには、どうしてもリビングを通らないといけない。早くあがって一人になりたかった。手足を繋ぎとめている糸が今にも切れて、全身バラバラになりそうな疲労を感じていた。

リビングに入ると、テーブルの上には大きなショートケーキと、明らかに晴れの日用のご馳走（ちそう）が並んでいて、俺は思わず立ち尽くした。

「路、今日誕生日でしょ」

お母さんは、嬉しそうに言って、ケーキを指差した。でも俺が黙っているので、眉を寄せ気遣わしげな表情になる。

「覚えてなかった？」

「う、ううん。覚えてたよ、忘れるわけないよ」

俺は慌てて、わざと明るい声を出した。笑顔になってるといいなと思う。眼の下の筋肉と、唇の端の筋肉を持ち上げて笑う。

笑うのって、嬉しくなくても、筋肉動かしたらできるんだなあと、頭の隅で考える。

「でもごめんね、俺、友だちが祝ってくれたから、ケーキも夕飯も食べてきちゃった」

ファミレスで一緒に勉強して、そのついでに。それで遅くなったんだ、と俺は言った。

我ながら、よくこんな嘘が咄嗟につけるなと思った。祝ってくれる友だちなんて一人もいない。それどころか、今日は男に犯されたのに。

俺が食べてきたと言うと、お母さんは残念そうな顔をした。でもすぐに笑顔になる。

「そうよね、路ももう高校二年生だもんね。親よりお友だちよねぇ」

「ごめんね。俺、ちょっと疲れたから上で休むから」

「分かったわ、ケーキは明日にしましょ」

テーブルの上のご馳走をダイニングのほうへ引き上げるお母さんに、心の中で謝って、二階へあがった。

部屋に入ってカバンを投げ出し、閉じた扉に背を押しつけるようにして、やっとずるずると座りこんだ。

胃が、きりもみされるみたいに痛かった。たてた膝に顔を埋め、浅く息を吐き出す。シンと静まり返った部屋の中には、壁掛け時計の秒針の音が繰り返されている。頭の中で、嵐がごうごうと鳴っている。真っ黒な、荒々しい風が激しく俺を揺さぶり、ぐちゃぐちゃに引き裂いていく、そんなイメージが浮かんでは消えていく。

そっとズボンを脱ぎ、下着を見ると、べっとりと血がついていた。

俺の後ろが切れて出た血だ。この下着、どうやって捨てようと頭の隅で考えながら、俺はそのままのろのろと床に寝そべった。

覆い被さってくる男の体と、生ぬるい吐息、酸っぱく饐(す)えた精液の臭い、乱暴な言葉と嘲笑……。

頭の中にフラッシュバックしてきたその記憶に、突如激しい吐き気を感じた。俺は慌てて、部屋の片隅に放り投げていたバスタオルに顔を突っ伏し、嘔吐(おうと)した。

昼もほとんど食べていなかったから、出たのは黄色い胃液だけで、そこにうっすら赤いものが混じっていた。血だった。

吐き気はおさまらず、すぐにまた迫りあがってくる。苦しさに涙が溢れ、全身から汗が

噴き出た。

息が乱れ、肩を上下させながら、俺はタオルで唇を拭い、血塗れた下着と一緒に丸めて、ゴミ袋に入れた。

ベッドまであがる気力がなくて、そのまま床に突っ伏す。床に押しあてた耳へ、階下にいるお母さんの足音が聞こえてくる。やがて玄関が開く音がし、お母さんはそちらに走っていく。

(お父さん、帰ってきたんだ……)

その様子が、はっきりと眼に浮かぶ。お母さんはお父さんのカバンを受け取り、俺が初めて友だちに、誕生日を祝ってもらったのだと、嬉しそうに報告しているだろう。

あのね、路がね、お友だちにね……。

そんな声が、聞かなくても耳に響いてくる。

涙が出た。頬を、ぽろぽろと転げ落ちていって、止まらなかった。

どうして泣けてくるのだろう。心は傷つき痛んでいたけれど、一人ぼっちの自分がかわいそうなのか、勘違いしているお母さんがかわいそうなのか、俺にはもう、よく分からなかった。

五

翌日は、朝から体中が痛かった。

ほとんど眠れなかったせいで頭は朦朧（もうろう）としていたし、自分でもどこをどう歩いて学校まで来たのか分からなかった。

いつものように、すれ違う生徒の数人が俺を振り向き、揶揄されたりもしたけれど、俺はなにを言われているのかも、よく分からなかった。

足元がフラフラしていて、ずっと不安定な船の上にいるようだった。船酔いに似た吐き気が続き、空が晴れているのか曇っているのかさえ見えない。

ようやく下駄箱（げたばこ）までたどりつき、上履きを取り出すと、片方には秘部の絵が描かれ、もう片方に「入れて～」と描かれていた。

一階の階段脇にあるゴミ箱に、俺はそれを捨てた。今月のお小遣いはもうないから、新しい上履きは買えそうもない。靴下のまま廊下を歩いていると、教室近くの窓辺にたむろしている生徒の一人から、声をかけられた。

「委員長、裸足(はだし)〜？　上履きどうしちゃったのォ？」

意地悪く言ったのは、大村(おおむら)だった。顔をのろのろとそちらに向けると、たむろしている連中の中には森尾(もりお)と黒田(くろだ)もいた。森尾は俺のほうを一瞥し、眉をわずかにひそめて眼を逸らす。けれど黒田は心配そうな顔になり、一歩近づいてきた。

「崎田(さきた)、顔色悪くないか？　どうした？」

黒田がそう言ってくるのを無視して、俺はその場を通りすぎた。なんだかもう、なにもしたくなかったし、誰とも話したくなかった。

授業はここのところ、ほとんど頭に入らなくなっていた。教師の解説が耳の中を滑って抜けていく。俺は上の空で、ただひたすら黒板の文字を眺めていた。体が痛くて、そのせいか熱っぽくて、ただ座っているだけでも精一杯だった。

「じゃあ出席番号十番からいこうか、十番誰だ」

髪の毛の薄い数学教師——浦野(うらの)の代理で入った教師だ——は出席簿を見、それから、

「崎田！　お前だぞ」

と、声を張り上げた。俺は自分が呼ばれたことに気付いて立ちあがったけど、なぜ呼ばれたのか分からなくて、その場に立ち尽くしていた。

「どうした、この問題を解きなさい」

訝(いぶか)しげな様子で、数学教師が黒板に書いた数式をコンコンとチョークで叩く。

前に出てやるのかな？　たぶんそうだろうとあたりをつけて、前に出た。体がふらついていて、狭い机と机の間を通るのは難しかった。チョークを受け取り、黒板の前に立った。でもまったく分からなかった。なにが書いてあるんだろ？　数式の意味が全然分からない。頭の中で数と記号がぐるぐると回った。

「……分かりません」

チョークを置いた。背後が、ざわめくのが分かった。

「分からないわけないだろう、こないだやったとこだ。お前には簡単なはずだぞ」

教師が、少し怒ったように言う。

「すいません」

俺は頭を下げて、勝手に席に戻ろうとした。これ以上立っているのが辛いほど、足が震えていたのだ。この場に倒れる醜態を晒したくなくて、黒板に背を向けたら、教師は諦めたように、十一番を呼んだ。

「お勉強だけはできたのに。その取り柄もなくなるなんて、みじめだね」

「男と寝るのに忙しいんじゃねえの」

潜めた声で、くすくすと俺を嗤う声がした。

——本当だ。

ぼうっとした頭の隅で思う。勉強だけはできた。必死で、予習復習をやっていたから。

それもできなくなったら、俺にはもうなにもない――。

そのとき、俺の足元に、誰かが足を突き出してきた。俺は気付かず、まともに引っかかり、足をとられてしまった。ハッとしたときには、体が傾ぎ、俺は転げていた。

声をあげる余裕もなかった。誰かの机にぶつかると思ったその瞬間、なにか強いものに腕をとられ、俺は後ろから抱きかかえられていた。

洗濯したばかりのリネンの香りがうっすらとした。

顔を上げると、ずれた眼鏡の向こうに、ムッと眉根を寄せ、怒ったような表情をした森尾がいた。森尾は立ちあがり、転げそうになっていた俺を支えて助けてくれたようだった。驚いていると、

「なに助けてんだよ、森尾」

大村が白けたように言う声がした。森尾は俺の体を簡単に持ち上げて立たせると、大村を振り返り、

「俺の机にぶつかりそうだったんだよ」

と、舌打ちした。

ああ、なるほど。そういうことか、と俺は思う。森尾が理由もなく、嫌いな俺を助けるはずがない。

俺の肩に回された森尾の手は大きく骨張っていて、胸板は分厚かった。俺の体は森尾に

比べたらなんて薄っぺらくて小さいのだろうと感じた。

一番最初に、俺を犯したのは森尾だった。あのときのことを思い出そうとしたら、浦野や岸辺たちのことが浮かんできて、胃がきつく痛み、吐き気がこみ上げてきた。森尾の前から隠れたい気持ちになり、俺は頭だけ小さく下げて自席に戻った。

ずれたままの眼鏡を直すのも忘れて、俺はうつむき、教科書を見ているフリをした。

黒板の前では、俺のかわりに呼ばれた十一番がようやく問題を解き終えたところだ。

「礼くらい言えよ」

大村が小声で俺を腐している。無視して顔をうつむけている間も、森尾がまだその場に立っていて、俺を見ているのが気配から伝わってきた。

どうしてか、俺にはその視線が痛く、怖く感じられた。そんなことあるわけがないのに、じっと見られていると、浦野だけではなく岸辺たちにまで犯されたことを、森尾に見透かされそうな気がした。


唯一、一人になれる昼休みがきて、俺はホッとした。

いつもどおり人気のない校舎裏に向かい、途中のもう使われていない古い焼却炉のところで、俺はお母さんが作ってくれたお弁当の中味を、全部捨てた。そこは生徒たちによって、勝手にゴミ捨て場にされていた。今日は、お弁当を見ただけで吐き気がしたのだ。明日から、友だちと購買で弁当を買うから作らないでいいよと、そう言おうと決めた。毎日こうして捨てるわけにはいかないし、お母さんに申し訳なかった。

風が吹いてくると、思ったよりも底冷えして肌寒かった。

気がつけば季節はもう十月も中旬だ。冷えるわけだと思いながら、俺は誰も来ない焼却炉の階段の上に、ぼんやりと立ち尽くしていた。

と、突然ぐいと腕をひかれ、俺の体は呆気なく下に落ちた。

「わ……っ」

誰かの腕が背を支えてくれたから、衝撃はほとんどなかったが、よたよたと尻餅をつき、呆然となって見上げると、炉の前には森尾が立っていて、炉口から中を見ているところだった。

なんでこんなところにいるのだろうと不思議に思ったのと同時に、心臓が、ぎゅっと痛いほどに締めつけられた。森尾に自分を見られるのが嫌で、俺はその場を立ち去ろうとした。そのとき、森尾が俺の腕をとって引き留めた。

「お前な、ここんとこずっと食ってないだろ。毎回、弁当捨ててるのか?」

一瞬森尾が、なにを言ったか分からなかった。

俺の思考は停止していた。二度と俺のほうを見ず、話しかけるはずがないと思っていた森尾が、俺に口をきいたからだ。しかも俺の眼を直視し、俺にきちんと向かって。

「俺へのあてつけかよ、だったら冗談じゃないぜ」

森尾は舌打ちした。下から見上げる森尾の顔はやっぱり造作が整っていて、前髪の下の眼は、よく見ると茶色かった。その眼の中にはちっぽけな俺が映っていて、冴えない大きな眼鏡が尻餅をついたときにずれて、ちょこんと低い鼻先に乗っている。

「聞いてるか？　青白い顔で眼の前うろつかれると、すげぇ眼につくんだよ」

「……ご、ごめん」

言ったあとで、俺はどうして自分が謝ったのか分からなくなった。

「謝るとこじゃねぇだろ、むしろお前は……」

なにか言いかけて、けれどそれ以上はもうなにも言わずに、森尾はまた舌打ちした。それから森尾は小さく、とにかく食えよ、とだけつけ足して、立ち去っていく。俺は呆気にとられて、森尾の去っていく背中を見ていた。

大きな背中はどんどん俺から離れていき、すぐに見えなくなる。

夢の中と同じだ。また消えちゃったな……。そんなふうに思うと、鼻の奥がツンと痺れ、どうしてだか泣きたいような気持ちになった。

不意に追いかけてみたいと思った。

追いかけてみたい。森尾を追いかけて、もしも追いついたら、そのあと――。

けれど思考はそこで止まった。追いついたとしても、俺は森尾に、なにを伝えたいのだろう？

そもそもなにか伝えるほどの繋がりなんて、俺たちの間にはないのに。

俺はとぼとぼと裏校舎の陰に座りこんだ。ここ最近の俺は、予鈴が鳴るまで、いつもここで一人、時間が経つのを待っていた。

もうすぐ定期考査の時期だけれど、今度の順位はぐっと下がるのだろう。

裏校舎のフェンスの向こうは普通の民家で、秋の陽が屋根に落ちて、甍(いらか)を白く照らしている。ああ今日は晴れていたんだと、今になって俺は気付いた。

民家の軒先には鳥かごがつり下がり、セキセイインコが二羽、仲良さそうに寄り添っていた。

平和だな。のどかな光景に、ぼんやりと思う。

いや、ほんのちょっと前まで、俺の生活だって、相当平和だった。嬉しいことはそれほどなかったけれど、苦しいこともそれほどなかった……。いつも一人で、周りの人間が嫌いだったけれど、それは今も同じだ。

小さなころは、いつか大きくなったらと思っていた。

いつか大きくなったら、俺はみんなみたいに速く走れるようになる。森尾のように、風みたいに走れるようになると思っていた。小学校の二年生のとき、文集にそう書いて持って帰ったら、お母さんは読んで泣いた。顔を覆い、ごめんねごめんねと繰り返した。俺はきっと、お母さんが喜んでくれると思っていたので驚いた。ただ漠然と、自分は悪いことをしたのだと思った。

かわいそうな路(みち)、と、お母さんはそのとき、幾度も繰り返し嘆いたのだ。

(かわいそうかあ、俺は……)

かわいそうなのは、速く走れないから?

体が小さいから?

それともそのせいで、歪んでしまった俺の性格のせいで……?

軒先の鳥かごにスズメがやってきて、インコの餌を勝手に啄(ついば)むのが見えた。風が吹くと木々が揺れ、雲が青空を流れていく。平和で静かな光景だ。世界からもし俺がいなくなっても、なにも変わらないんだろうなと、そう思う。

「あ、いたいた!　委員長みっけ!」

不意に、静寂を破って聞こえてきた声に、俺は頭を殴られたようなショックを受けた。

――岸辺たちだ!

恐怖で、俺は弾かれたように立ちあがった。体は痛んだが、気にしていられず、俺は走り出そうとした。でも俺の遅い足では逃げ切れるわけもなく、正面に立った岸辺が、壁にドンと両腕をついて俺を囲いこんだ。

「なんの用……？」

情けないけれど、声が震えて、かすれていた。

どうして俺が、俺を犯したヤツらに怯えなきゃいけないんだと思うのに。けれどもう、そんな虚勢を張ることさえできないくらい、俺は怖くて、頭から血の気がひき、体が震えるのを感じた。

「つれないこと言わないでよお、俺たちもう他人じゃないんだし？」

滝川（たきがわ）とかいう男が、横から俺を覗きこみ、にやにやと嗤って言う。岸辺は酷薄な笑みを浮かべ、昨日、委員長の尻がよかったからさ、と最低なことを言う。

「今日も遊んであげようかと思って」

俺は腹に力を入れ、なんとか自分を奮い立たせて反論した。

「相手なんか……他に、いくらだっているだろ」

派手な身なりの岸辺たちのことだ。あちこち手を出していることなど、訊かなくても分かる。けれど俺の言葉を聞くと、岸辺は肩を竦めた。

「でもさ、強姦ごっこっていうの？　さすがにそれやれる女はそういないしね〜」

「その点委員長は男の子だもんね、なにやっても壊れないよね」

岸辺の言葉に滝川が乗っかる。もう一人も嗤っていた。

狂ってる。狂ってるんだコイツら。そう思った。

――なんで俺なら、強姦していいって、思えるんだ？

俺はそれほど、価値がない、ゴミみたいなものなのかよ――。

怒りと恐怖がないまぜになって突き上げてくる。俺は眼の前の岸辺の足を蹴り上げた。

「って！　なにしやがる、この野郎！」

とたん、すぐに岸辺から反撃され、俺はパン、と頬をはたかれた。頭がふらつき、よろめいた。その隙に腰を抱えこまれ、壁に胸を押しつけられる。

「さっさとやっちまおうぜ、ベル鳴っちまう」

コンクリの粗い壁に押しあてられた頰が、擦れて痛い。下着ごとズボンをずり下げられ、俺は恐怖に、ぞくっとした。直後、昨日散々いたぶられた個所(かしょ)に、熱いものが押しつけられた。

既に十分すぎるほど屹立(きつりつ)した岸辺の性器の感触に、俺は気が遠のいた。

いやだ。やめて。

叫びたいのに声が出ず、体が竦む。そしてその凶器は、俺の肉を裂いて中に入ってきた。

全身を、長く巨大な釘(くぎ)で一息に貫通されたような痛み。

腸が圧迫され、吐き気がした。後ろで岸辺が、獣のように荒い息を吐きながら俺を揺すりだした。壁に分厚い眼鏡があたり、ガチガチとフレームが揺れる。

気持ち悪い。……気持ち悪い気持ち悪い。

俺は大きな筒。大きな筒だ——。

そう思ったらいい。筒だからなにも感じない。なにも辛くない。なにも……。

気がつくとベルが鳴り、

「あ、やべ」

岸辺が言って、俺の中で精を放った。後ろから、太いモノがずるりと抜け落ちていき、腰から手が離された。俺は力なく、その場に倒れた。臀部を、孔から溢れた精液が濡らしあちこちが軋むように痛い。

「岸辺遅ぇんだよ、俺らが挿れる時間なくなっちゃったじゃん」

「悪ィ悪ィ。それより早く行こうぜ、次水野だからうるさいぞ」

そんな声がする。けれどそれも遠ざかる。三人はどうやら、俺を放って校舎に向かったようだ。

気がつくと俺の耳に聞こえているのは、風に揺れる木々のざわめきだけになっていた。すぐ眼の前の地面を、蟻が通っていく。黒い触角を動かし、甘い蜜のありかを探している。俺はしばらく、その蟻を眼で追っていた。

腰のあたりが冷えてきたので、俺はようやく体を起こした。

「……ん」

尻の孔に指を伸ばし、中から、岸辺の出した精液を掻き出した。初めて森尾に犯されたとき、なにもしなかったら翌日ひどい腹痛に襲われたのを、俺もさすがに覚えていた。

やっとのことで掻き出し終え、下着とズボンをはきながら、俺は次、体育だっけと思い出した。

きっともう、完全に遅刻だ。体育教師に怒られるだろうと思いながら、よろよろと立ちあがり、教室に戻った。

思ったとおり、ジャージに着替えてグラウンドに出たときには、既に今やっているサッカー競技の試合が始まっていた。

「なにしてたんだ、崎田」

体育教師に睨みつけられ、俺はぺこりと頭を下げた。

「すみません。どうしたらいいですか」

「ゼッケンをつけて試合に入れ。オレンジのゼッケンだ」

指し示された籠の中から、俺はオレンジのゼッケンをとってつけた。振り返って見ると、大村たちのいるチームだった。フィールドに入っていくと、

「げっ、委員長が同じかよ～」

と、わざと大声で言う大村の声がした。

走ると後孔が痛み、目眩（めまい）を覚えた。前方には、ボールを持って先頭を走っていく森尾が見えた。

とにかくボールを追おうと、俺は土を蹴って走りだした。

敵チームらしい、緑のゼッケンの森尾の背中を追いかける。

頭上から照りつけてくる陽光は、十月なのに妙にきつく感じられた。

森尾の背中はどんどん遠くなる。

「取り返せ取り返せ！」

「ゴール前があきだぞー！」

空は青いのだろう。でも俺には見えなくて、光の中を突きぬけていく風のような森尾の背中だけが眩しく映った。追いつきたい。あの背中に追いつきたい。

もし追いつけたら、そうしたら……俺は……。

遠くでホイッスルが鳴った。

視界がぐるりと回転し、俺は倒れていた。誰か——温かく大きな腕が、俺の体を抱き上げてくれる。横抱きにされると、土埃(つちぼこり)と一緒に、森尾のシャツから香っていたのと同じリネンの匂いが、ふんわり鼻先に漂って消えていった。

あとちょっとだから、と声がした。

あとちょっとだから、頑張れ。……頑張れ、と。

夢の中で、俺は誰かに負ぶわれていた。

湿った匂いのする、濃い緑の中だった。その背は温かく、俺を負ぶってくれているその人は、何度も「頑張れ」と繰り返した。それは俺に言っているだけではなくて、たぶん、その人自身にも言っているのだろうなと、そのとき、俺は思った。

「崎田くん、あなたちゃんと食べてないでしょ」

保健の先生は、俺のベッドを囲んでいたカーテンを、一部開けながら言った。

「貧血、栄養不足、発熱、それからその頬の傷なァに」

怒ったように言いながら、先生は腰に手をあててため息をつく。

頬の傷、と言われて初めて、俺は昼休みの時間、岸辺に犯されたとき、壁で擦った頬に擦り傷ができているのに気がついた。

先生の話では、俺は体育の時間に倒れて、今まで寝ていたのだそうだ。

「熱もまだあるし、今日はとりあえず放課後までここで寝ててね。クラスの子に誰か、送るように頼んであげるから」

勝手なことを言ってるなぁと思った。俺のことを送るヤツなんて、いるわけない。でも微熱のせいで体がだるく、しゃべるのも億劫で俺は黙っていた。

とにかくまだ少し寝てなさい、と言って、先生は職員室へ行ってしまったので、俺はなんとなく眠れないままベッドの上でぼうっとしていた。

白いカーテン越しに、昼下がりの低い陽光が差しこんでくる。

時々、今日岸辺にされたことを思い出したけれど、それはまるで古い映画の一場面のように音のない映像で、ほんの一瞬だけ、フラッシュが焚かれたように俺の瞼の裏に閃く。

思い出すたび、胃が痛み強い恐怖に冷や汗が出た。

俺はそれをなるべく考えないようにして、じっと耐えていた。その嫌な映像には時折浦野のことも紛れ込んできた。

けれどなぜか、森尾のことはまるで思い出さなかった。あとに続いたことがひどすぎて、覚えていないのかもしれない。ただ一つだけ思い出すのは、森尾が俺を、

「なまっちろいチビは好みじゃない」

と言いきった、あの冷えた声音だけだった。

――俺はなまっちろいまんまだから、ずっと森尾の好みじゃないなあ。

そして俺はそんなふうに、少し悲しくなるだけだった。どうして悲しくなるのかも、もうよく分からなかった。

俺はこのまま、どうなるのだろう？

今の状態が続いたら、いつか死んでしまう気がした。お母さんとお父さんに頼んで、高

校を変えてもらおうか。いや、でも死んでしまうなら死んでしまうで、それもいいのかもしれない。生きていても、誰のためになるわけでもないのだ。

そのとき、保健室の扉がカラカラと開く音がした。

保健の先生が部屋を出るとき、俺は眼鏡をはずしてしまったので、最初視界に映ったのは灰色の塊だった。ああ、灰色は制服のベストの色だと気がつき、誰だろうと顔をあげる。

「倒れちゃったんだって？　俺たちのせいかなあ」

最悪だった。聞こえてきたのは、岸辺の声だったのだ。

ハッとして起きあがるより早く、ヤツの手が俺の肩を押さえこみ、他の二人も同じように俺の足や腹を捉(とら)えていた。

「逃げなくたっていいだろ、お見舞いに来てやってんだから」

頭の中が真っ白になって、俺はもうわけも分からず固まっていた。体が動かなくなった。思考も動かなくなった。これは現実なのだろうか？

「さっき俺しかできなかったからさ、悪いけどコイツらの相手もしてやってよ」

「ごめんね～、見つからないようにするからさー」

滝川の声がした。ぼやけた視界では、誰が誰だか分からない。でも声の方角から、布団を跳ねあげ、俺の上に馬乗りになってきたのが滝川だと分かった。

「有田(ありた)も準備しとけよ」

岸辺が言い、俺の足を押さえている一人が、

「あいよ」

と軽く返事した。

俺ってなんなんだろう、俺って……便利な性具か。こいつらにとっては。

「失礼しま～す」

滝川が言いながら、俺のベルトをはずした。その瞬間だ。なにか熱い、耐えがたいほどの怒りが、衝動になって俺を突き動かしていた。

「いやだ！」

俺は暴れた。全身を使って、無我夢中で手足を動かし、喉が切れそうなほどの大声で叫んだ。

「いやだ！　やめろ！　そんなんなら殺せよ！　殺せ！」

死んだほうがマシだ。死んだほうがマシだった。

「俺を殺せよ！　こんなことするくらいなら、殺せ――」

「言われなくたって――」

振りあがる拳の輪郭が、ぼやけた視界に映る。ぎゅっと眼をつむったとき、カーテンが引き千切られるような音をたてて開き、光が差しこんだ。眼を開けると、なにか大きな、灰色の塊が突然俺の上にいた滝川を突き飛ばした。

「森尾、テメーなんだよ！」

岸辺が叫んだ。

森尾？

そのあとはもうめちゃくちゃで、わけがわからなかった。四つの塊がうわっと声をあげてもみあい、殴ったり蹴ったりする野蛮な音が部屋中に響き、物が倒れたりぶつかったり割れたりする、すさまじい喧騒(けんそう)が続く。

「一体なんの騒ぎだ！」

保健室にはやがて、教師らしき人影が飛びこんでくる。

保健の先生が帰ってきて、悲鳴をあげる。大柄な男の教師が数人、走って保健室に駆けこみ、もみ合っている四人を引き離す。

俺は眼鏡をかけ忘れたまま、ただ呆然とそれを眺めていただけだった。

六

なにも分からないまま騒動は始まり、収束して、森尾と岸辺らは、全員そろって三日間の自宅謹慎処分となった。

俺はというと、その日のうちに保健室で、学年主任と生徒指導教諭に事情を訊かれた。

「森尾も岸辺たちも、ケンカの原因を話さないんだ。崎田は最初から事の経緯を見ていたようだし、なにか知っているか」

疑ってかかるような口調だったけど、俺はなにも言えないで黙っていた。俺にもよく分からない。どうして森尾が保健室にやって来て、そうして、岸辺たちを殴ったのか。まともに考えれば、あれは俺を助けてくれた行為なのかもしれない。でも、俺のことを嫌いな森尾がなぜ助けるのか、理由が分からない。それに、まさか岸辺たちに強姦されていたなんて言えず、俺は結局、

「分かりません……眼鏡もはずしてたので」

と答えた。先生たちは渋面で「このごろ君は、なにかと騒ぎの中心にいるな」と腐して

きたが、それでも普段地味で真面目な俺が、岸辺たちと関係しているとは思わなかったのか、それ以上追及することもなく解放された。

森尾や岸辺たちの事件は、翌日から学校中の話題をさらい、俺をいじめていたことなど、もうみんな忘れたようになった。おかげであからさまな揶揄はなくなり、靴箱や机が荒らされることも、ぴたりとなくなった。単純に、もう飽きられたという感じだった。

同じ現場に俺がいたということは、とりたてて噂にならなかった。まさか森尾や岸辺が、俺のことで争ったなどとは、誰も思わないようだった。

その日学校が終わってから、俺は謹慎している森尾の家に向かうことにした。

迷ったけれど、森尾がどうして俺を助けてくれたのか——そのつもりがあったかはともかく——、理由を知りたかった。

それからただ単に会ってみたかったというのも、あったかもしれない。

小学生のころ、俺は森尾の家の前を何度か通ったことがあった。その記憶を頼りに、うろ覚えの路地を歩き、表札を一つ一つ見ながら森尾の家を探した。

十月上旬とは思えないほど暑い日で、夏の最後の名残が一息に都内を襲っているような夏日だった。かなりの時間路地をうろうろして、俺はやっと森尾の家を見つけた。白い二階建ての家はデザイン性のある洒落(しゃれ)た外観で、庭には、古ぼけたバスケットリングが見えた。門扉のインターホンを押そうとして、俺は手を止めた。

やっぱりやめよう、と思った。

会って話してどうなるんだ。

くだらない。どうしてあのとき、岸辺たちを殴ったのと訊いて、森尾が答えてくれるかどうかも分からない。第一、俺はどういう答えを期待しているんだろう？

踵を返して、来た道を戻ろうとする。

帰ろう、帰って忘れて寝てしまおう。俺にはもう関係ない——。

そう思うのに、足が動かなかった。

瞼の裏には、風のように走っていく森尾の、しなやかな背中が蘇ってくる。

俺を無理矢理組み敷いたとき、森尾のシャツからは汗の匂いがした。痛かったし苦しかった。辛くて、悲しかった……けれど、浦野や岸辺たちにされたときのような、気持ち悪さは感じなかった。あのとき俺が一番辛かったのは、抱かれたことそのものじゃなかった。

俺が辛かったのは——。

その先を考えるのは怖くて、ぎゅっと拳を握りしめたそのとき、

「おい」

と、背後から声をかけられ、俺はぎょっとして振り返った。

玄関から出てきて、こちらを見ていたのは、森尾その人だった。ここにいたことに気付かれていたのだと思うと、恥ずかしくなり、頬にかっと血がのぼった。

「森尾、あ、あの……俺……」

なにを言えばいいのか分からず、意味をなさないかすれた声だけが喉からこぼれる。

森尾はしばらくそんな俺をじっと見ていたが、やがて「俺に会いに来たんだろ、入れよ」と言って、ドアの向こう側に消えた。

森尾が消えた玄関のドアを、俺は数秒間、見つめていた。体は震えていたし、心臓はばくばくと大きな音をたてていた。ひどい緊張状態だった。

けれど俺は息を飲み下し、そちらに向かって、とうとう足を踏み出していた。


森尾の家には森尾本人以外誰もおらず、俺は広いリビングに通された。森尾が麦茶をいれて、俺の前に出してくれたときは正直驚いた。それを言うなら、家にあげてくれたことも驚きだったけれど。

リビングの白いソファに座っているだけで、俺の体は緊張でガチガチになっていた。森尾が俺の前にどさりと腰を下ろすと、心臓の鼓動がどんどん早くなり、額にはじわっと汗が浮かんできた。

部屋の中は静かで、時計の秒針の音だけがやけに大きく響いていた。

なにをどう話せばいいか分からなくて、俺は眼の前に置かれた麦茶のグラスを見つめていた。なにか言わなきゃ、言わなきゃと思うほどに緊張が増す。

「言いたいこと、あるんだろ」

先に沈黙を破ったのは、森尾だった。

俺は思わず肩が震えるのを感じた。どっと汗が出てくる。もしも森尾にまた、蔑むような憎むような眼をされていたらと思うと、怖くて顔が上げられなかった。

「先生に……俺、訊かれて」

しどろもどろに話す声がかすれる。俺はぐっと息を呑みこみ、それから、

「なんで岸辺たちを殴ったんだよ？」

と、一気に言った。

「条件反射だよ」

森尾はあっさりと言った。その口調の当然さに、俺は思いがけず顔を上げていた。森尾は俺を睨むでも蔑むでもなく、涼しげな無表情をしていた。

「保健室行ったら、あいつらがお前を犯そうとしてた。気付いたら殴ってた」

「……そう、なんだ」

なんだか、気が抜けた。俺だからとか、助けたいとか、そういう気持ちからではなかったのだと、どこかで思う。そのとたんに、なんともいえない脱力感に襲われた。

「お前って隙だらけ。岸辺にも浦野にも……俺にも簡単にヤられるし」

呆れたように言う森尾に、俺は胸が痛むのを感じた。鼻の奥がツンと痺れ、泣きたくなるのを、ぐっとこらえなければならなかった。

「でもあれは、俺が悪かった」

その瞬間飛びこんできた声。

俺は鼓動が、強く打つのを感じた。

ものすごく、大きく打った。森尾は静かな、なにを考えているか分からない顔で、俺の顔をちゃんと見ていた。

「……お前が黒田のことでしたことはむかつくし、あいつが親切にしてもはねのけるようなところは、今も嫌いだよ」

はっきりと、森尾は言った。

——嫌い。

俺のことが、嫌いだと。

体から張り合いみたいなものが抜けていき、俺は自分がしぼんでいくように感じた。

「だけどだからって、していいことじゃなかった。岸辺たちを見て思った。あれは俺が、俺だけが悪かった。お前のこと、強姦したんだからな」

お前、俺のときが、最初だろ、と、森尾は小さく呟いた。

「俺が抱いたとき……たぶん、誰にもされてなかった。そんな感じだった」

されていない。俺は固まったまま、震える唇を、きゅっと噛んだ。

森尾が初めてだった。それだけは本当だ。同級生には散々、男と寝ているとはやし立てられたが、そんなことはない。

「──だからもし、あのときあんなふうに抱かなかったら……お前は誰にも、犯されてなかったかもしれない。……俺も、もうちょっとお前を知って」

そこで森尾は言葉を切り、「もうそんなこと、手遅れだけどな」と言う。

森尾が黙ると、時計の音がやけに大きく聞こえた。窓の向こうで、郵便配達のバイクが、とおりすぎていく音がする。

「もういいだろ？　それ飲んだら、帰れよ」

前髪の下の森尾の眼には、軽蔑も憎しみもなかった。けれど疲れたように、俺から眼を逸らしてしまう。

俺は震える指で、麦茶のグラスを持った。

黒田に向かってなら、森尾は笑う。

バスケットにボールを投げこんだあとも、森尾は笑う。

教室の片隅で、廊下の角で、埃たつグラウンドで、森尾は俺以外の誰かになら、笑う。

そのとき眼の中に浮かぶ優しさや親愛の情は、俺を見る森尾の眼差しにはない。

俺には、俺にだけは、森尾は笑いかけてくれないのだ。

そんなことはもうとっくに、とっくに知っていたことだけれど。

麦茶をゆっくりと飲み下す俺のことを、森尾はもう見ていなかった。ソファに頬杖をつき、そっぽを向いている。

無言のままの時間の中、俺はふと思い出していた。これまでの長い間、記憶の底に封じこめてなるべく思い出さないようにしていた遠い日のことを——。


あれはたしか、小学五年生の夏のことだ。

学校の恒例行事の一つに、臨海学校というのがあった。

当時から友だちなんていなかった俺を、先生が勝手に押しこんだ班には森尾がいた。当然他の班員は、みんな足手まといの俺が入って文句を言ったけれど、先生は「崎田くんがかわいそうでしょ」と一喝した。森尾は関心などないような顔で、班決めのときも特になにも言わなかった。

臨海学校では三日間、バンガロー施設に泊まり、キャンプファイヤーや集団自炊などのお決まり行事をこなす。二日目の一大イベントは、ペアを組んでのナイトウォークラリーで、俺は森尾とペアになった。

夜の森は暗く、濃い闇の中からなにか出てきそうでおどろおどろしかったが、ウォークラリーのコースにはポツポツと電灯があって、それを目印に行けばよかったから迷うはずはなかったのに、俺たちは迷った。

視力の弱い俺が、足場の悪さに気付かず緩い崖の下に落下したせいだ。俺は片足をくじき、結構な距離を落ちていたために、上方を見ても、目印の電灯も見つからなかった。たった一人でどうしたらいいのかと半泣きになっていると、森尾が上から滑り下りてきた。俺は驚いた。森尾は絶対、俺を見捨てて先に行ったと思っていたから。

「足、くじいたか？」

森尾は懐中電灯を点しながら、ごく冷静にそう言い、俺の足の状態を見た。

「立てる？」

森尾に訊かれ、俺は両腕を突っ張り、立とうとした。森尾も手を貸してくれたけど、足はいうことをきかず、その場に座りこんだ。

どうしようと思った。こんなんじゃ、森尾は俺を連れていってくれない。

でも森尾は、俺を置いていかなかった。その場に屈むと、

「負ぶされ」

と、言ったのだ。

呆気にとられているうちに、森尾は軽々と俺を負ぶって夜の森を歩きだし、俺に懐中電灯を渡すと、それで道を照らすようにと言った。俺は役目が与えられたことが嬉しく、懸

命になって森尾の行く先を照らした。

　でも大きな森に、その光源は小さすぎた。樹木の濃い匂いが鼻先を刺激し、真っ暗な闇からは梟（ふくろう）の声や虫の音がうるさくて、慣れ親しんだ都会の人工的な雰囲気はまるでなく、怖かった。深い闇に呑みこまれそうな心を、必死に奮い立たせていると、枝を揺する風の音に、森尾の背も時々びくりと揺れるのを感じた。この人も怖いのだと思ったら、なぜかホッとした。

　足をくじいたせいか、ほどなくして俺は発熱した。朦朧とした意識の中で、何度も何度も、

「頑張れ」

　という声を聞いた。

「あとちょっとだから、頑張れ」

　その声はかすれ、ぜいぜいと苦しそうだった。どんなに俺が軽くて、森尾が大きな体でも、同じ五年生で、慣れない山道を人一人背負って歩いているのだ——どれほど心細く、辛いだろう。混濁する意識の中で、俺は森尾をどうにかして助けたいと、少しでも力になりたいと、そればかり考えていた。

　時間にしてみたら、本当はごく短い時間にすぎなかったかもしれない。

　やがて俺たちは明るい場所に出て、保護された。俺は先生の車に乗せられ、そのまま地

いた。

元の病院に連れていかれた。熱と痛みの中で、それでも繰り返し、俺は森尾の声を聞いていた。

頑張れ、頑張れ、という声を。

暗い闇の中で、永遠に続きそうな時間を共有した。元気になったら一番にお礼を言って、それから、と俺は考えた。

それから、できれば森尾と、友だちになりたいと……。

でも、その夏の夜はまるで幻のように跡形もなく消えてしまい、臨海学校が終わり、教室に戻ってみたら、やっぱり森尾は俺を視界の端にも留めなかった。

ありがとうと言いたくて、けれどいざとなるとこちらを見もしない森尾に、勇気が出なかった。そのとき思い知らされたのだ。

俺は森尾にとって、いてもいなくても変わらない、そんな人間なのだと。


森尾の家を出た俺は、ぼんやりと歩いていた。路地の先に小さな踏切が見え、そこで、向こうから歩いてくる黒田に出くわした。ハッとして立ち止まっていると、黒田は俺に気付いて手を振り、踏切を渡って駆け寄ってきた。

「崎田、こんなとこでなにしてんの？　学校の外で会うの初めてだよなー」

大柄な体を少し屈め、黒田が嬉しそうに言った。

大きなスポーツバッグと一緒に、黒田はコンビニの袋を下げていた。俺がじっと見ていると、黒田が気付いてそれを持ち上げる。

「あ、森尾のヤツが謹慎になっちゃったろ？　これ手土産。ちょっと行って発破かけよーかと思ってさ」

薄いコンビニのレジ袋から、同じ銘柄のアイスのパッケージが二つ、透けて見えていた。

黒田が行けば、森尾は喜ぶんだろうな。

二人してアイスを食べて、ばか話なんかして盛り上がって、森尾の眼差しも、優しくて楽しそうで……。

黒田の表情が曇った。

その大きな手が、俺の肩にそっと、気遣うように触れた。

「崎田？　どうしたんだよ？」

俺の頭の中で、細くちぎれそうなほどピンと張っていたものが、切れた瞬間だった。

突然堤防が崩れたように、涙がどっと両眼からこぼれて止まらなくなった。俺はまるで壊れたみたいに声をあげて、子どものように泣きじゃくった。分厚い眼鏡の中が、涙の湿気で曇ってしまう。

困ったように宙をさまよっていた黒田の手が、やがて俺の肩を引き寄せてくれた。俺は素直に体を傾け、気がつくと黒田にしがみついていた。その大きな胸に顔を押しつけると、眼鏡がずり上がる。

踏切の信号が点滅し、カンカンと音をたてる。

「ごめん、ごめんごめんごめん、ごめん」

うわごとのように、俺は夢中で、ただ必死に言った。

「黒田、ごめん、ごめんな黒田、ごめん、ごめんなさい……」

嘘をついてごめん、冷たくしてごめん、ひどいことを言ってごめん。

黒田は優しくしてくれた。俺に優しくしてくれた。

本当は嬉しいと、嬉しいと思っていたのに。

俺は羨ましかったんだ。黒田が羨ましかった。森尾に大事にされてるのが、恵まれているのが、黒田の持っているものが、俺なんかにも優しくできる心も、全部羨ましかった。

浦野が訊いてきたとき、黒田がタバコを吸ってるところを見ただろうと言われたとき、つい頷いたのは、俺の弱さとずるさだった。

心のどこかで、俺はざまあみろ、と思っていたのかもしれない。心のどこかで、黒田みたいに恵まれたヤツを、傷つけてやりたいと思っていたのかもしれない。

幼いころから、俺は小さくて眼が悪くて、近所のおばさんたちはそれを聞くと、哀れみをこめた口調で、「かわいそうねえ」と言っていた。

なにも知らないくせにと、同情なんか真っ平だと思いながら、俺はずっとずっとずっとずっと、自分が世の中で一番かわいそうだと思っていた。

自分の弱さやできなさを、体のせいにして逃げていたいだけ。

誰かのせいにすることで、楽になろうとしているだけ。

自分ができないことを、くだらないとばかばかしいと決めつけて、白けたポーズをとることで、一人きりの淋しさを、誰にも相手にされない悲しさを、見ないようにしてただけ。

自分のみじめさを、独りぼっちのみっともなさを、見ないようにしてただけ。

だから森尾は俺が嫌いで、俺だって、こんな自分が大嫌いだった。

なにもしないで、なんにも努力しないで、ありがとうも言えないで、友だちになってもらえるなんて、そんなわけがないのに……。

「崎田、泣くなよ、崎田」

黒田が困ったように声をあげている。

遠くからガタゴトと車輪の音が聞こえてきて、やがてすさまじい速さで、電車が踏切の向こうを通りすぎていく。

泣くなよ、崎田。もういいよ、もういいって。

その喧噪(けんそう)の中でも、黒田の優しい声が俺を余計に泣かせた。

黒田は俺を、そこからすぐ近場の公園に連れていき、ブランコに並んで腰掛けると、森尾にあげるはずだったアイスをくれた。

「いいの？　これ……森尾にあげるんじゃ」

「いいんだよ、べつにすぐまた会うしさ」

軽口をたたき、黒田はアイスのパッケージを開けた。森尾には悪い気がしたけれど、黒田の気遣いが嬉しかったから、俺もパッケージを開けた。中から出てきたのは水色のソーダバーだ。

泣きはらした眼に風がひりひりとしみたけれど、涙は、俺の中にあった鬱屈を押し流してしまったようで、俺は不思議と落ちついていた。

俺は黒田に、ちゃんと謝らなきゃいけないと思った。

「ごめん、黒田」

「さっきから謝ってるけど、別に崎田になにかされた覚えないよ」

黒田は苦笑しながら、アイスをかじっている。

「……俺、だけど、嘘ついたんだ。浦野に黒田がタバコ吸ってるとこ見ただろうって、そう言いなさいって言われて、つい頷いた」

言いながら、胸が締めつけられるように痛む。こんなことを話したら、黒田も俺を嫌いになるかもしれないと思い、それが辛かった。

「崎田は、脅されてたんだろ?」

「でも、俺がちゃんとしてたら、頷かなかった。俺、黒田が羨ましくて……」

言いながら、最低だなと思った。最低だけど、それでも言わなきゃいけない。

「心のどこかで、黒田が困ったらいいって、思ってたと思う」

昼下がりの小さな公園の砂場には、五歳ぐらいの子どもが二人いて、一緒にトンネルを作っている。そののどかな風景の中、俺は黒田の、裁断をじっと待って緊張していた。

「俺が羨ましいって、崎田がどうしてそう思うんだか分かんないな。俺、崎田よりずっと成績悪いぜ。スポーツ推薦でこの高校入ったから、テストの順位なんか下から数えたほうが早いし」

けれど黒田は、ひどく呑気(のんき)な声で言っただけだ。

俺は、黒田が「困ったらいい」という個所ではなく、「羨ましい」というところに反応したことに拍子抜けした。

「俺のこと、怒らないの?」

「なんで?」

黒田は驚いたように眼を丸くし、俺をまじまじと見た。

「だって俺、最低だよ。あのあとだって、黒田は優しかったのに、はねつけた」

「でもまぁ、崎田にだってプライドがあるんだし、同じ男として、庇われてもそれに早々すがるわけにはいかないよなって、あとで反省した。いや、俺さ」

と、黒田は真面目な顔で、俺を振り向く。

「崎田ってなんかこう……男子校の中だと、可愛いだろ？　いや、可愛いって言われてもいい気持ちしないの分かるけど。でもなんか心配になっちゃって。俺の下の弟がさ、ちょうど崎田くらいで……」

言いながら、黒田が空に手をかざし、このくらいの弟、と言う。どうやら身長のことのようだが、それは俺よりもまだ小さい。つまり黒田には、俺がそんなふうに見えているということだろうか。

どちらにしろ、俺は呆気にとられていた。

「弟が毎日一人で掃除やらされてるとか考えると、こう、兄としてはどうもそわそわして」

「黒田って……」

思わず、ちょっと笑ってしまった。笑うとホッとして、気持ちが緩み、するとまた涙が目尻ににじんできた。

「いいヤツなんだ、と思って……。俺とは、正反対」

やっぱり羨ましいと、俺は思った。

「俺は卑屈だし……友だちもいないし。いっつも、体が小さいこととか、眼が悪いことを理由に努力もしようとしないで、周りを恨んで……自分は悪くないって決めつけて、弱虫で……自分でも嫌になる」

こんなこと、他の誰にも話したことがないのに、今はどうしてか素直にするすると言葉が出てきた。さっきあれだけ泣いた姿を見せたのだ。もう恥ずかしいという感情もなかった。

「崎田だっていいとこいっぱいあるぞ」

すると黒田は、優しいことを言う。俺は笑って「ないよ」と言ったが、黒田はあると言って譲らない。

「放課後いつも、一人で掃除してるだろ。誰もいなくても、文句も言わないで毎日毎日」

「……あれはただの習慣で……俺がやらないと汚れるし」

「一つのこと、一生懸命やれるってすごいことだろ。それに頭だっていいしさ」

「人の何倍も勉強して、だもん……要領悪いし、運動はダメだし……」

「人の何倍もやれるなんてすごいって！　別に、運動できるほうが偉いってこともないんだから」

「でも俺……黒田みたいに、速く走れたり……黒田みたいに人に優しくできる、そういう人間に……なりたい」

なんだか、変な感じだった。どうして俺はこんなに素直になれるんだろう。分からないけれど、俺は心の中の弱音を一つ吐くたびに、気持ちが軽く、そしてどうしてか柔らかくなっていく気がした。肩に入っていた力が全部、ふわふわと抜けていくように。

「崎田、掃除するとき、すごくきれいに机拭いてるよな。崎田が掃除したあと、あの教室ピカピカでさ、大丈夫。あれだけ物に優しくできるんだから、崎田は人にも、優しいよ」

どうしてなのか、胸がつまって声が出なかった。

夕暮れの迫る空に、夕焼け小焼けの曲が流れはじめて、砂場の子どもたちの母親らしき女性が、木陰から彼らを呼んだ。

「頑張ったら……俺、俺にも、友だちとか、できるかな」

言ったら、黒田はできるできる、と俺の肩を叩いた。

「俺とはもう友だちだろ？」

そういえば黒田は、最初から俺のことを委員長ではなく、「崎田」と名前で呼んでくれた。それなのに、どうして今まで気付かなかったんだろうと思うと、涙が出た。

「あ、泣くなって。いや泣いてんのもなんか可愛いんだけどさ。ほらほら、崎田、アイス食えよ。もったいないお化けが出ちゃうぞ」

「もったいないお化けって……今どき」

思わず、泣きながら笑ったら、黒田は嬉しそうな顔をした。

「あ、崎田が笑った！　貴重！」

「なに言ってんだよ」

恥ずかしくなって睨みつけたら、黒田は悪戯が見つかった子どものように歯を見せて笑っている。すると俺もつい笑顔になって、お互いになんの言葉もなく、くすくすと笑いあってしまう。

本当に、友だち同士みたいだとそのとき思った。

誰かと話して、一緒に並んでアイスを食べて、気持ちが軽くなるなんて。

森尾に嫌いだと言われたことは、今もまだ胸に残って苦しかったけれど、今この瞬間だけは忘れていられる気がした。

ふと、頑張ろうと思えた。きっと傷つくだろうけれど、それでもいい。頑張ってみたい。

俺が変わらなければ、きっとなにも変わらない。

——あとちょっとだから、頑張れ。

あの日森尾が聞かせてくれた言葉を、今度は自分で自分に言い聞かせよう。あの暗い森の中、俺を負ぶって一人道を探してくれた森尾の心細さを思えば、俺だってもう少し、頑張れるはずだ。

もう誰のせいにも、自分のせいにもしたくない。

前を向くように頑張り続ければ、きっと俺も少しは……優しい人間になれる。
そんなふうに、俺は決めた。

七

土日をはさみ、翌週の月曜に、森尾(もりお)の謹慎がとけた。

その日俺がうるさいくらいに自分に言い聞かせた第一目標は、「森尾にもクラスメイトにもおはようと言う」ことだった。

頑張ると決めたからって、なにをどう頑張っていいか分からなかったから、俺は今まで自分がしてこなかったことをじっくり考えた。その結果、とりあえず人付き合いの基本は挨拶だろうと思ったのだ。

そんなわけで、心臓が飛び出るかと思うくらい胸をばくばくさせて学校へ行った。今までが今までだったから、つい弱気になるのはどうしようもない。できればなるべく森尾と顔を合わせたくないとか、今日熱が出て休めないかなと考えたりもした。

けれどそういうときほど、事は反対に進むもので、校門をくぐってすぐのところで、いきなり前を歩いている大村(おおむら)と森尾に出くわした。

大村は嬉しそうに、謹慎のとけた森尾に話しかけている。俺がドキドキしながら近づいていくと、ふと気付いてこちらを見た。

大村と森尾と眼が合うと、その瞬間心臓が飛び出しそうになった。顔中かあっと熱くなって、走って逃げたくなるのを抑えつける。

「森尾おはようっ！　大村もおはようっ！」

それ、とばかりに勢いをつけて叫び、俺は二人の顔を見ないで脱兎のように走り逃げた。心臓が激しく鳴っていて、口から飛び出しそうだ。

後ろで大村が「なんだあれ」と言っているのが聞こえたけれど、とりあえずちゃんと言えたので、俺は自分を誉めたいやら、それでもやっぱり恥ずかしいやらで頭の中が真っ白だった。

駆けるように教室に入り、そこでも俺は、一生分の勇気を出した。

「お、おはようっ」

声はものすごくしわがれていたし、やたらと大きかったから、みんな変なものを見たような顔で俺のほうを振り向いた。ただでさえ赤い顔が、さらにかーっと熱くなるのを感じた。

変なヤツだと思われている。それは分かっていたけれど、

――気にしない、気にしない。

自分に言い聞かせて、俺は席についた。クラスメイトが俺を見て首を傾げたり、なにか

囁きあってるのも分かったけれど、でもそれも、

——気にしない、気にしない。

と胸の内で繰り返した。こういうことを気にしていたら、前の俺と同じで、また進めなくなる。そう思うけれど、心臓はものすごい勢いで鼓動を打っていた。

「崎田」

と、名前を呼ばれて、俺はその声に救われたような気になった。教室の戸口に黒田が立っていて、笑顔で俺に手を振っていた。

「どうしたの？　森尾ならまだ来てないよ」

てっきり森尾を探しに来たのかと思って、俺は黒田のところに駆け寄るなりそう言った。どっちにしてもありがたかった。居たたまれなかった気持ちが、黒田が来てくれたおかげで心強いものに変わる。

「ああ。そうじゃなくてさ、崎田今日、現国ある？　俺教科書忘れちゃって」

「あるよ、待ってて」

俺が普通に黒田と話しているのを見て、クラスメイトが驚いているのが分かった。

俺だって、こんなふうに黒田と話しているなんて驚きだ。けれど先日のことがあったせいか、黒田に対する葛藤や妙な意地のようなものが、俺の中からはきれいさっぱりなくなっていた。

「はい。俺のとこ五限目だから、返すのお昼でいいよ」

「あ、助かる」

俺が教科書を渡すと、黒田は両手で拝むようにした。それからちょっと身を屈め、俺だけに聞こえるような声で、

「頑張ってるか？」

と、訊いた。黒田は俺の話を、覚えていてくれたのだ。

そう思うと、嬉しくて、頬が少しだけ熱くなる。俺はこっくりと、頷いた。

「あ、挨拶、してみた」

「偉い偉い」

黒田は俺の頭をくしゃくしゃと撫で回した。こんなふうに同い年の人から触れられたことがなかったので、少し照れたけれど、なぜだか嫌ではなかった。

「どうせ教科書返すし、今日の昼一緒に食べないか？　あ、森尾も一緒だけど、あいつのことは気にしなくていいから」

黒田に誘われ、そこに森尾の名前が出たこともあって、俺は緊張した。昼に誘われたのなんて初めてで、それはとても嬉しいと思ったけれど、俺には不安がある。

「俺がいたら、森尾が、嫌がるんじゃないかな」

「平気だろ。むしろ歓迎するんじゃないかな。それに俺が崎田と食べたいし」

歓迎は絶対にない、と思ったけれど、黒田の気持ちが嬉しかった。森尾は俺がいたらきっと迷惑するかもしれないが、素直な気持ちを言えば、俺は森尾にもう少し近づいてみたい気持ちがあった。たとえ嫌われていても、俺はたぶん……たぶんどころか、本当はちっとも、森尾が嫌いじゃないのだ。

（でも森尾は黒田のことが好きなのかもしれないから……）

もしそうだとしたら、嫌いな俺に二人の時間を邪魔されるのは、我慢ならないだろう。

「でも森尾がいやだったら……」

まだもごもごと言っていたら、黒田が顔をあげ、「あ、森尾」と声を出した。

俺はぎょっとして、咄嗟に顔をうつむけていた。うつむけるとずり下がる眼鏡の向こうに、森尾のものらしき上履きのつま先が映っていた。

「なにやってんだよ、他人様の教室で」

森尾が黒田に言っている声が、頭の上から聞こえる。

「崎田に教科書借りてたの。なあ、今日の昼、崎田も一緒でいいだろ」

一瞬の間が、恐ろしく長く感じた。

一秒が一時間にも思えた。怖くて、俺の背は一気に汗ばんだ。

「いつの間に委員長とおホモダチになっちゃったわけ、黒田」

森尾と一緒に入ってきた大村が、そう言っているのも聞こえた。ただの冗談にしては、

やたら険のある声音だ。頭から血の気がすうっとひいていく。

「別に、いいんじゃね」

けれど森尾がそう答えたので、俺は驚いて顔を跳ねあげていた。森尾の表情には、あからさまな嫌悪感も、侮蔑もなかった。笑っているとき以外はいつもしている、あっさりとした無表情で、後ろの大村が眉根を寄せているのにも構わずに、黒田の横を抜けながら俺のほうをちらりと見る。

「おはよ」

それから軽く、そう言った。さっきの挨拶への、お返しなのかもしれない——。

「じゃ、昼迎えにくるからさ」

黒田は何事もなかったかのように立ち去ったけど、俺はしばらくその場を動けなかった。

……だって、森尾が。

別にいいって言った。俺に、おはよって言った。

頬が熱くなり、苦しいほど胸がいっぱいになった。たとえクラス中の生徒におかしく思われているとしても、俺、おはようって言ってよかった。

叫び出したいくらい強く、そう思った。

そして、緊張の昼休みがやってきた。

黒田が迎えに来てくれ、俺は森尾と黒田にくっついて、中庭へ出た。生け垣の横は芝生になっていて座りやすく、木に囲まれているので周りも気にならない。どうやらそこが、森尾と黒田、二人の指定席らしかった。

座る配置は、やっぱりというか当然というか、黒田が真ん中でそれを挟むようにして俺と森尾が座った。黒田は気を遣ってくれているのか、森尾よりも俺のほうにばかり、話しかけてくれた。先月の日曜にあった、バスケの練習試合や後輩の話なんかを、面白おかしく聞かせてくれ、俺が退屈しないように、時々質問もしてくれる。

「崎田って家でなにしてんの？　勉強以外だと。読書とか？」

「……本は好きなんだけど、俺、眼が悪いから長く使うと疲れちゃって」

ぽつぽつと、自分のことを話す。

慣れないので上手く話せないが、時間が余っていたら風呂にずっといるか、大きめの画面で、海洋生物の映像を見ると話すと黒田が「ははは、可愛い」と笑った。

「テレビならいいの？」

「離れて見たらそんなに疲れない。青い色は癒されるから」

そんな感じで黒田とはわりと話が弾んだけれど、森尾がほとんどしゃべらないので、俺はなんだか悪い気がした。いつだったか、教室の窓から見たとき、黒田と森尾は小突きあったりして楽しそうだった。俺はやっぱり邪魔かもしれない。

「崎田が食べてるの美味そうだなー。その玉子焼きとか」

と、黒田が俺の持っている弁当箱を覗きこんだ。黒田と森尾の昼食はコンビニで買ったらしい弁当とパンだったけれど、俺のはお母さんが作ってくれた弁当だった。岸辺たちの騒動で、俺はつい、弁当はいらないと言い忘れていた。

「よかったら、食べる？」

弁当箱を差し出すと、黒田は「マジで！」と言いながら本気で喜んで、玉子焼きを一個口に放りこんだ。

「うわ、すげーうまい！」

「あ、も、森尾もよかったら……」

黒田だけにあげるのはなんだかな、と思って訊いたけれど、声が緊張で上擦ってしまった。森尾は俺のほうを一瞥すると、

「いいよ。それよりお前食えよ。さっきから全然食ってねーだろ」

と、あっさり断られた。俺は断られて一瞬動揺したけれど、森尾が言ったとおり本当にほとんど食べていなかった。

「そうだぞ崎田、ちゃんと食え」

黒田が言うのに、俺は曖昧に笑った。膝の上に置いた弁当箱を見下ろし、箸の先で白和

えをつつく。前は好きだった、お母さんの料理。

――頑張るって決めたんだから、食べることも頑張らないと……。

森尾に押し倒された日からだんだん、俺の食は細くなり、今では体そのものが受けつけなくなったようで、ちょっと食べると吐きそうになる。夕飯は、ほんのちょっとの量を我慢して食べていたけれど、お母さんは俺がだんだん痩せてくるのを見て明らかに心配していた。今日も、人と一緒なら食べられるかと思ったのだが、こればかりは気持ちだけではどうにもならないのか、弁当箱を開けた瞬間から、俺は気分が悪かった。

それでも食べているフリをしようと、わずかにご飯を口に入れてみたりしてたけど、もう食べたくはない。正直、黒田が全部もらってくれたらいいのにと思う。

――そういえば森尾には、弁当を捨ててたところを見られてたっけ……。

あのときは、あてつけのつもりかと言われたのだ。

そんなつもりは毛頭ないけれど、もしかしたら今も、そう思われているのだろうか。

ちらりと見上げると、驚いたことに森尾と眼が合った。まるで俺が食べるのを監視するように、森尾はじっと強い視線で俺を見下ろしていた。

俺は慌てて眼を逸らし、思いきって、白和えを一口、食べた。

味わわないように、急いで飲みこむ。大丈夫かと思ったそのとき、胃が気持ち悪くなり、喉の奥から吐き気がこみあげてきた。

突然、口の中に苦く残る、トイレットペーパーの味、精液の饐えた臭い、頭の上でがなりたてる罵り声が蘇ってきた。

岸辺が嗤って、俺を押し倒し、中に入ってきて揺さぶる——あのとき俺は、人じゃなくて、筒だった……。

「ああ！」

すぐ横で黒田が大声をあげたので、俺はハッと我に返った。

「なにしてんだ、崎田。もったいない！」

見ると、地べたに弁当箱が転がり落ち、中味も全部土まみれになっていた。

「まだほとんど食ってねーのに」

言いながら、黒田は俺がぶちまけてしまったらしいおかずを拾い、弁当箱に戻してくれる。

「あ、ごめん。いいよ、自分でやれる」

俺は黒田を制しながら身を乗り出したが、体がぶるぶると小刻みに震えているのを感じた。眼の前がくらくらし、しゃがみ込んだ姿勢で、思わずぎゅっと体を小さくすると、黒田が眼を瞠って「崎田？」と俺を振り向いた。

「……ずっと食わないで、もっと痩せるつもりか」

硬い声が落ちてきて、俺はぎくりとした。振り返ると、森尾が怒った顔で俺を見ていた。

「そのうち餓死するぞ」

言いながら、森尾は舌打ちし、立ちあがる。

――怒らせた。呆れられたのだ。

そう思うと、体が冷たくなっていく。わざとやったつもりはなかったけれど、食べたくないと思っていたのは事実だ。森尾には、あてつけに見えたのだろうか？

けれどそのとき、森尾は「ほらよ」と言って、俺になにか差し出してきた。それは高校のすぐ近所にある、コンビニのレジ袋だ。おずおずと受け取り、中を見ると、銀色のアルミパックに入った、ゼリー状の栄養補給剤が四つ、入っていた。

「それくらいなら食えるだろ。消化も早いし」

それだけ言うと、森尾は先に行くと言って立ちあがる。

「え、なにこれ。わざわざコンビニで買ってきたわけ？」

黒田がおかしそうに言うと、「うるせーよ」と呟き、それきり振り返りもせず、校舎に戻っていった。

「よかったな、崎田。とりあえず食い物にありつけて」

それじゃ足りないかもしれないけど、と黒田が呑気な声を出した。けれど俺はそれに、返す言葉もなかった。今起きたことがとても信じられなくて、びっくりしていた。

――だってあの森尾が俺に、なにか、くれるなんて。

俺のことが嫌いなのにどうしてだろうと思った。黒田がいたから？　そこまで考えて、いやきっと、森尾にとっては、これは別に優しさでもなんでもないのではと思う。もしかしたら……本当に、もしかしたらだけれど。

——森尾ってほんとはすごく、いいヤツなのかな？

よく考えてみれば、五年生のときに、俺を置いていかずに、わざわざ自分も崖の下に降りてきてくれたのだって、親切な人間でなければまずできない。

銀のアルミパックに入った栄養剤を口にすると、ほどよい甘さが体にしみた。ほとんど飲み物だったから、吐き気もなく、全部飲みこめた。けれど同時に、ありがとうと言い忘れたことに、俺は気がついた。

よく考えたら、俺は森尾に対していつもそうだ。小学生のころのナイトウォークラリーで背負ってもらったことも、結局お礼を言えていない。

——今度、全部まとめて……森尾にありがとうって、言おう。

たとえ森尾が望まなくても、言いたいから言おう。嫌がられても構わないと、俺はそっと思ったのだった。


「いってぇー！　指切った、指！」

大量に配布されたプリントで指を切った大村が騒ぎ始めたのは、その日の自習時間だった。クラスメイトがみんな、顔をあげてそちらを見、

「なにやってんだよ、大村」

「どんくせぇー」

とゲラゲラと笑い飛ばした。大村は切った指を舐めながら「誰かバンソウコー持ってねぇのかよ」と、あちこちに声をかけていた。

男子校で、そんな用意のいいヤツはそういない。いないけれど、俺は持っていた。心配性のお母さんが、小さいときよく転んでいた俺に持たせるのが、習慣になっていたからだ。

しばらくの間、俺はそれを出すべきか迷った。

大村は俺を嫌っている人間の筆頭だ。そんな相手に絆創膏（ばんそうこう）を差し出すのは勇気がいる。

「保健室行きゃいいだろ」

「保健の先生苦手なんだよ」

大村がぶつぶつと言っている。出すなら今だ。出さなかったらきっと後悔する。頑張ろうって決めたんだろ。そう思って、俺は思いきって立ちあがった。

「お、俺持ってるけど。絆創膏。い、いる?」

一瞬、教室内は水を打ったように静かになり、その場の全員が、俺を見ているような気がした。大村も、不意打ちを食らったような表情で、俺を振り返った。

大村のその口元は、すぐに歪んだ。

「持ってるけどだって。委員長のバンソウコーなんて使ったら、ホモ菌うつっちゃうからいらねーよ」

その手ひどい答えに、俺は息を止めた——周りがどっと嗤い、大村も一緒に嗤っている。胸がズキズキと痛み、ガツンと後頭部を殴られたような、眼の前が一瞬白くなるような、そんなショックが俺を襲った。

——ああ、そうか。誠意を拒まれたら、こんなに……痛いんだ。

俺はそのことをようやく、思い知った。頑張って、好意で言った言葉を否定されると、そのショックは心を閉ざしているときの何倍も何倍も鋭く、苦しい。心にまともに刺さるからだ。俺が今までずっと、大村たちをばかにするポーズをとってきたのは、こんなふうに傷つかないためだった。

……やっぱり、やめておけばよかった。

後悔が押し寄せてきたとき、

「俺も指切った。委員長、絆創膏持ってんならくれよ」

ふと、声があがった。親指をかざして、俺のほうを向いているのは森尾だった。隣の大村が、ぎょっとしたように森尾を見た。

「持ってんだろ？　早く」

俺は驚き、しばらく動けないでいた。その俺を森尾が急かし、俺は慌てて、カバンから絆創膏を取りだした。

「ばか、森尾、ホモ菌うつるぞ」

ひきつったような笑みを浮かべ、大村が言う。森尾はそれをあっさりと無視した。

「委員長、悪いけど、こっち利き手だから巻いてくれる」

「う、うん」

差し出された親指に、俺はドキドキしながら、絆創膏を巻いた。森尾の大きな手にそっと触れると、急に、クラスメイトも大村もすべて遠くにいってしまったみたいに感じた。ただただ緊張し、ばかみたいにぶるぶる震えながら、森尾の指に絆創膏を巻いていく。大村のそれみたいに、森尾の指は大したケガではなかったようで、出血もしていなければ、傷も見えなかったから、本当にここでいいのかと困惑した。したけれど、森尾がなにも言わないのでいいのだろう。

絆創膏を巻いている間、森尾が俺の顔をじっと見ているのが分かって、頬が熱くなった。

「サンキュ」

巻き終えると、森尾は何事もなかったようにさっさと配布プリントに向かった。

その様子を、クラス中が唖然(あぜん)と眺めていて、大村は怒っているのか、真っ赤な顔で俺のことを睨んでいた。でもそんなことさえ気にならないくらい、俺はドキドキし、のぼせ上がっていた。

――なんだろう、これ。

鳴り止まない心臓を服の上から押さえ、俺は息を呑む。

森尾と触れあった指先は燃えるように熱くて、その熱が全身に広がり、俺はなんだかぼんやりとしてしまった。


森尾にその気があったのかどうかはともかく、俺はまた森尾に助けてもらったのだと思った。森尾が大村の言葉を気にせず、俺に絆創膏を巻かせてくれたので、蔑まれて落ち込んでいた俺の気持ちは、とても救われた。

――これでまた、頑張ろうって思うことができる。

もし森尾が助け船を出してくれなければ、明日からはもう、クラスメイトに挨拶できなかったかもしれない。そう思うと、森尾が俺にしてくれたことは大きかった。

その日の放課後、俺はお昼に栄養剤をもらったことも含めてちゃんとお礼を言おうと思っていた。けれど、俺がもたもたしている間に森尾は部活に向かってしまい、仕方がないので、俺は一人、校舎をあとにした。

秋の空は高く、夕暮れの空は橙色に燃えていた。

正門前の銀杏並木でふと顔をあげた俺は、思わず歩みを止めた。

校門の前に、三人連れ立っている影が見えたのだ。

それは岸辺たちだった。遠くを歩いているその姿を見ただけで、恐怖で足が竦むのを感じた。

心臓が大きく脈打ち、こめかみに嫌な汗がにじむ。押さえこまれたときの怖さと、後孔を強引に裂かれた痛みが、突然思い出されて視界が回った。

……やばい。

思ったとたん、体の感覚がすうっとなくなっていき、俺はその場にしゃがみ込んだ。眼をぎゅっとつむって、浅くなった息をなんとか整えようとする。

「崎田、どうした！」

声がして、背中に温かいものが触れた。見上げると、そこには黒田の顔があり、ぐるぐると回っていた視界が、次第におさまっていくのを感じた。

「顔色悪いぞ、貧血か？」

黒田は俺の腰を抱くようにして、立たせてくれた。ジャージ姿だから、ちょうど部活の最中だったのだろう。

「森尾、送ってやれよ。どうせ方向一緒だろ」

見ると、制服姿のままの森尾が黒田の横に立っていた。森尾は校門のほうを見ていた。

そこにはもう岸辺たちの姿はなかったけれど、きっと森尾は気付いたはずだ。俺はどうしてか、そう思った。

「お、俺、大丈夫」

黒田の体から離れて、俺は首を横に振った。面倒をかけて、これ以上森尾に嫌われたくはなかった。

「いいから送ってもらえって。顔真っ青だし」

「でも森尾も、部活あるだろ……」

黒田は、森尾が俺を嫌いなんて知らないから言うのだろう。けれど森尾は俺が嫌いなのだから、親友の黒田があまり俺を構うといやではないかと、心配になる。

「こいつ突き指で今日出れねえの。ダサイだろ？」

森尾を指差すと、プ、と黒田が笑った。笑われた森尾はムッとした顔で黒田の脇腹を小突く。そしてそのまま、俺の肩からカバンを取り上げ、持ってくれた。

「あ……っ」

「行くぞ」

言葉少なに言うと、森尾はなにも訊かずに、先にずんずん歩いていく。俺は呆気にとられ、思わず助けを求めるように黒田を振り返った。

「く、黒田。森尾に悪いよ……」

「なんで？　愛想悪いからそう見えないだろうけど、崎田のことあいつ相当気にしてるから、甘えてやってよ」

森尾が俺を気にしてる？　甘えてやって？

とんでもない、と俺が青ざめると、「本当だって。今も昼も、崎田が具合悪そうなの見て、ガチガチに固まってるし」と黒田が嗤った。

「あれは一種のショック状態っていうか、どうしていいか分からないってやつかな。あんな森尾初めて見るわ」

ははは、と声をたて、黒田は能天気な笑顔で、俺の背をぽんと押してくれた。俺はとりあえず黒田に頭を下げて、森尾を追いかけた。森尾の歩幅は俺の倍くらいあって、追いつくのには走らねばならなかった。それなのに並ぶころには、その歩幅は狭まり、歩調も緩くなっていた。なぜか分からないが、森尾が俺に合わせてくれていた。

「も、森尾、俺のカバン、重いだろ？　教科書全部入ってるし……俺、自分で持つ」

「べつに重くねーよ」

部活着の入った大きなスポーツバッグまで持っているのに、森尾は軽々と俺のカバンを肩に下げて歩いていく。森尾の横顔が夕日に照らされ、前髪がきらきらと輝いている。それを隣で見上げていると、なぜか胸がきゅうっとすぼまって、切なく痛んだ。

言葉にならない、声に出せない、不思議な慕わしさと悲しみが、胸をいっぱいにした。

「つ、突き指大丈夫？」

「大したことない」

なにか話さなきゃと思って話題を探したけれど、会話はすぐ終わってしまう。

沈黙に俺はどぎまぎし、頭の中はどうしようどうしようと、そればかりだった。

学校を出てしばらくは下り坂だ。遠い町並が黒いシルエットになって坂の下に広がり、道の脇に連なる電信柱の黒い影が、橙色の空にくっきりと浮かび上がっている。俺と森尾の影は後ろに伸び、その長さは、やっぱり森尾のほうがずっと長かった。

「も、森尾ってバスケ上手いよな。俺全然できないから、羨ましい」

「……教えてやろうか？」

苦し紛れに出した会話のきっかけに、森尾が返してきた言葉は俺の予想を大きくはずれたものだった。

「え？」

思わず、顔を跳ねあげて訊き返した。森尾は相変わらずの無表情で、俺のほうを見るわけでもなく淡々と答える。

「だから、教えてやろうかって。お前だって練習すればマシにはなるだろ」

「お、教えて……くれるのか？」

「早朝六時半に河川敷の橋の下に来れたらな。俺、大体そこでいつも練習してるから」

いつもの登校のルートから、一本道をずらせば、その河川敷を通る。俺はなにかに突き動かされたみたいに、夢中で頷いていた。

「い、行く！　明日、行く！」

俺は、どこかおかしいかもしれない。

だってこんなことを言うのは、まるで俺らしくない。頑張りすぎているのじゃないかと、自分でも不安になる。でも、ちっともいやではなかった。

こんなふうに必死に、恥ずかしいのも怖いのもこらえて、懸命になって誰かと——森尾と関わろうと努力している、きっとみっともない自分が、なぜだか嫌いではない。

森尾のほうは俺の意気込んだ声を聞くと、わずかにうつむき、静かな声で、

「分かった」

と、なんでもないことのように、小さく返事をしただけだった。

八

翌朝、俺は約束の時間に間に合うよう、いつもよりかなり早めに家を出た。

しかもジャージを持参だ。

河川敷につくまでは、森尾にからかわれたんじゃないかと思う気持ちが抜けなかった。昨日は舞い上がっていて、つい行くなんて言ってしまったけれど、よく考えたら俺のことをあれだけ嫌いだと言ってた森尾が、嫌いな俺にバスケットを教えてやろうなんて、辻褄が合わない気がした。

行ってみたら誰もいなくて、待ちぼうけさせられるとか、実は単なる嫌がらせとか？

……でも森尾は、たぶんそんなに陰湿なヤツじゃない。

森尾のなにを知っているのかというと、俺はあまり知らないことに最近気がついたけれど、意地悪であんなことを言いだしたとはやっぱり思えずに、河川敷に行くと、六時十五分には目的地に到着していた。

幅広の河川沿いの道は細いが、視界が広々とひらけるので気持ちいい。朝の河川敷には鈍色の靄がうっすらとかかり、静かで、水際に生える丈高い葦の陰で白鷺がキィキィと澄んだ声をあげていた。青白い水と湿った草の香りがどこか冷たく、心地よい。

昼間は車通りの多い橋の下に降りていくと、橋脚のコンクリに打ちつけられた古いバスケットリングの下で、ドリブルしている森尾がいた。

――……本当にいた。

嘘をつかれたわけじゃなかったという、ただそれだけのことに俺の胸は喜びで震えた。土手の中腹に立って眺めていると、森尾は軽やかに足を運び、片手で完璧なレイアップシュートを決めた。

バスケットから落ちたボールがバウンドし、森尾はそれを両手にとった。そこで、土手にいる俺を見上げた。

「制服で練習すんのか」

「あ、い、一応着替え持ってきたけど」

「今日別に大したことしねーから、そのままでもいいぜ」

森尾も制服のままだったし、着替える場所もなかったので、俺はカバンを土手に置いて、シャツの上から着ていたカーディガンだけとった。今日は、いつもの革のローファーではなく、あまり使ったことのないスニーカーを履いてきていた。

「まず基本な。ゴール下からジャンプしてバスケットにボール置いてくるレイアップ。とりあえず見てろ」

森尾は俺が下りてきたのを見計らい、リングのすぐ下に立つと、右側からひらりとジャンプした。そのまま片手に持っているボールを、リングにぽい、と投げ入れる。

見た感じはものすごく簡単そうだ。

「とりあえず、これからやってみろよ」

ボールを渡され、俺は言われたとおり、リングのすぐ下に位置すると、森尾みたいにジャンプシュートを決めようとした。でも片手でボールを持ち上げた拍子に、投げるまでもなく手からボールがこぼれ落ち、あさっての方向に転がってしまった。

「ご、ごめんっ」

落ちたボールを拾いあげる森尾に、思わず口をついて謝罪が出た。同時に、こんな単純なことさえ失敗する自分が情けなくて、頬が熱くなった。

「なに謝ってんだよ。そっか、お前手が小さいのか」

森尾は言い、俺の手をじっと見て、もう一度俺にボールを渡した。

「片手じゃなくて、両手で持ち上げていいから、もう一回やってみろよ」

両手で持ち上げたら、さすがに手からはこぼれなかった。でもシュートしたら、リングにあたるどころかバスケットを飛び越えて遠くのほうへ飛んでいってしまった。

「あっ、あっ」

俺が飛ばしたボールをものすごい速さで森尾がとってきてくれるのが、なんだか申し訳なかった。けれど森尾は表情も変えずに、

「もう一回」

と言って、俺にボールをよこす。

「投げるって頭にあるから難しいんだよ。リングにボールを置いてくるって考えろ」

森尾は簡単そうに言うけれど、俺にはその感覚が全然分からない。

けれどどんなにボールをあちこちに飛ばしても、森尾が淡々と拾ってきてくれるから、俺も何回も何回も同じことをした。

結局二十分くらいその繰り返しで、やっとボールがリングにあたるようになってきたころ、俺の息もあがっていた。そこで、森尾が休憩、と言った。

気がついたら朝靄（あさもや）もかなり晴れていて、さっきまでなにも通っていなかった橋の上を、車が通りすぎていくようになっていた。

「ひゃっ」

休憩の言葉に気が抜け、制服が汚れるのも構わずに土手に座りこんでいたら、突然首の後ろにひんやりと冷たいものを感じて俺は変な声をあげた。

振り返ると、俺の首にスポーツドリンクの冷えたペットボトルをあてている森尾がいた。

「ほら」

ボトルを俺に渡すと、森尾は横にどさりと腰を落とした。それから、自分用に買ってきたらしいボトルを開けた。

「あ、ありがと、お金……」

「いいよ、おごり」

「で、でも昨日もなんか、もらったし」

「いいって。おごられろよ」

素直におごられたほうがいいのかなと思って、俺はもう一度、今度は心をなるべくこめて、「ありがとう」と言った。

森尾にありがとうと、きちんと言えたのは、これが初めてだと気がついた。

「お、俺、鈍くさくてごめん……折角(せっかく)教えてくれてるのに」

思わず謝る。

「たしかに、お前って鈍くさいよな」

すると遠慮も会釈もなく、森尾には、ずばりと言われた。俺は痛いところを突かれて押し黙ったけれど、森尾はすぐに、

「でもそれは、お前のせいじゃないんだろ」

と、言った。

俺は森尾を見た。……お前のせいじゃない。

「人それぞれペースってのはあるんだし、いいんじゃねーの。自分なりにできたら」

「お、俺のペースって、すごい遅いから」

「それって悪いことか?」

不思議そうな顔をして、森尾は言った。

悪い?

俺はそんなふうに訊かれたことに、驚いた。そもそも、そんな疑問を持ったことはなかった。人より遅いのは、当然悪いことだと思っていた。俺は俺の未熟さを、すべて悪いことだと感じていた。

「……ゆっくりやったほうが上手くいくこともある。お前、絆創膏巻くの上手かった」

と言って、森尾は親指を見せてきた。そこにはまだ、昨日俺が巻いた絆創膏が残っていて、俺は急に恥ずかしくなった。俺が頬を赤くすると、森尾は抱いたボールに頬杖をつき、じっと俺を見つめる。

その視線が妙に絡みついてくるようで、俺は慌てて眼を逸らし、「ば、絆創膏巻くのが上手くても」と、ごにょごにょとごまかした。森尾は俺の言葉には構わず視線を川のほうへ向けると、話を戻す。

「……まあ、お前のペースからいったら、最初はこんなもんだろって話。明日はもうちょっとマシになるだろ」

それからまた俺のほうを振り向いて、

「あ、明日も来たいなら、だけどな」

と、付け足した。

俺は胸がぎゅうっと締めつけられ、痛いくらいに感じた。ドキドキし、切ない息苦しさに襲われる。森尾がまた、明日も来ていいと言った――俺に――あの森尾が、また来ていいと。

もうそれだけで俺は気絶しそうなほど驚いて、嬉しくて、苦しかった。真っ赤になったまま、それでも「き、来たい」と小さな声で呟く。

「でも、俺が来て……大丈夫？　森尾、自分の練習とか」

「俺、指が治るまではそんな激しいことしないし、いいよ。お前のボール拾うだけでも足腰動かせるし、いい運動になる」

「あ、そっか。ご、ごめん、あちこち飛ばしちゃって」

ハッとして顔をあげると、

「お前謝りすぎ」

森尾はさらりと受け流した。それから不意に、俺の眼鏡のブリッジに、下からひょいと人差し指をかけた。

「……動くとこれ、ぐらぐらするだろ。コンタクトにできねーの？」

言いながら、森尾は俺の眼をじっと覗きこんだ。俺は緊張で体が強ばるのを感じながら、息を呑んだ。森尾の指はそのまますうっとあがっていき、俺の顔から眼鏡がはずされる。すると、森尾の顔の輪郭がぼやけ、細かなパーツはにじんで曖昧になった。

「……治療の先生には、してもいいって言われてるけど」

俺は人よりとても視力が弱いこと、だから特別な矯正を受けていることを、森尾になんとなく話した。話していいものか迷ったけれど、どうしてだか今日の森尾は、聞いてくれそうな気がしたのだ。

「小さいころから治療続けてるから、一応、日常生活レベルには視力が出るはずって……」

「ふうん……」

森尾は興味があるのかないのか、ただそう言っただけだった。けれどなぜか冷たい感じはしない。

「じゃあ今、俺の顔って見えてないの？」

訊かれて頷くと、森尾はほんの少し、顔を近くに寄せてきた。

「これは？　見える？」

俺は首を横に振った。裸眼の視力は本当に悪いので、かなり近づかれてもはっきり見えない。すると森尾は、よほど不思議になったのか、これなら？　今は？　と訊きながら、だんだん俺に近づいてきた。気がつくと森尾の前髪と俺の前髪が重なり、額の上でカサリと音をたてた。

「……これは？」

森尾が額を、俺の額にこつんとつけた。

俺は真っ赤になって固まり、森尾の眼の中に映っている俺を、じっと見ていた。体が震え、心臓が飛び出しそうになって、俺は思わずパッと顔を背けて森尾から離れていた。

「み、見えない。め、眼鏡どこ？」

訊くと、森尾は「ああ……うん」と、どこかぼんやりした声で、俺に眼鏡を返してくれた。眼鏡をかける指が、まだ震えていた。キスされるかと思った。そしてそう思った自分がなぜだかとても恥ずかしく、そんな照れくささを隠すように、

「森尾、ここでいつも練習してるんだな。い、いつから？」

と、話題を変えた。森尾は俺の反応をどう思っているのか、とりあえず会話に乗って、

「小学生のころから」と答えてくれた。その言葉に、俺は純粋に驚いた。

「小学生から、バスケしてたの？」

「ミニバスやってた。黒田も同じチームだった。ドリブルからシュートに移るのが苦手でさ、練習時間足りなくてここでやってたんだ」

「へえ……なんか意外」

俺が言うと、森尾は訝しげに俺のほうを見た。弾みで出た言葉に、俺自身、悪く思われたかと、少し慌てる。

「意外って?」

「あ、だって、森尾ってなんでもできるから……練習とかしなくても上手そうで」

「練習しないで上手いわけねーだろ」

森尾は呆れたように、俺の言葉を遮った。

「お前だって良い成績とるために、死ぬほど勉強してるんだろ」

言われて、俺は言葉につまった。

それはそうだけど……でも、俺の努力と森尾のそれとはわけが違う。俺の場合は、人の何倍もやって、やっと人並みになるのだから。

「森尾も、成績いいだろ?」

「そりゃ俺、勉強してるからな。家でちゃんと毎日復習してんの。授業も寝ないようにしてるし」

それにには素直にびっくりして、俺はつい、森尾の顔をまじまじと見てしまった。

だって森尾が、なんでもできる森尾が、そんな地味な努力をしているなんて、到底思えない。

「うち親父が厳しいから、成績下がったら球遊びなんかやめろって言うんだよ。兄貴が二人いるんだけど、どっちもいい大学行ったから余計」

「そ、そうなんだ」

新たな事実だ。森尾はため息をつき、「まあ、バスケ続けるためには仕方ないよな」と肩を竦める。

「そんなに、バスケット、好きなんだ」

「おう、速攻のときとか最高。相手のボール、リバウンドして走る。もうゴールしか見えてない。頭の中はゴールだけ。真っ白になって気持ちいい」

こんなにしゃべる森尾を、俺は初めて間近で見た。半ば興奮したような口調で、森尾は嬉々として語り、自然と笑ってくれていた。

きっと話題が好きなバスケのことだからだろうけれど、俺には一生笑顔を見せないと思っていた森尾が俺相手に笑ってくれたから、俺は驚き、感動もした。

けれど話している途中で、森尾は照れたようにそっぽを向いた。

「まあでも、成績は首位ってわけじゃないし、バスケも黒田ほどじゃないだろ。俺、結構中途半端なんだよ」

飲み干して空になったボトルを地べたに置くと、森尾はボールを突き指していない人差し指の上に乗せ、くるくると回し始めた。

「で、でも森尾のシュート、すごいきれいだよ」

俺は身を乗りだしていた。俺には、森尾が中途半端なんてとても思えない。森尾はいつだって一番前を走っている。俺にとってはそういう人だった。

「森尾が走ると風みたいで、シュートのときのフォームとか、俺バスケよく知らないけど、森尾が投げるとき、時間が止まったみたいに見える……きれいで」

森尾の指から、ボールが転げ落ちた。

森尾はそれを片手でとって、でも視線は俺に向けたまま、ちょっと驚いたように眼を丸くしていた。そこでやっと、俺は自分が口走ったことの恥ずかしさに気がついた。顔が熱くなり、俺は慌てて、少しぬるくなってしまったドリンクの蓋を、ようやく開けた。

横で小さく、

「……それは、まあ、ありがと」

と言う、森尾の声が聞こえた。


早起きは三文の得というけれど、朝から体を動かしたおかげか、その日の昼はいつもよりずっと多く食べられた。午後には疲れが出て授業中は眠かったけれど、逆に岸辺(きしべ)たちのことを思い出さなくてすんだから、俺にとってはよかった。

翌日からも、俺は早朝、河川敷に行った。

森尾は相変わらず淡々とした調子で、ほとんど進歩がない俺に付き合ってくれた。

三日目からはフリースローを教えてもらい、その練習ばかりするようになった。休憩のときに交わす短い会話で、俺は少しずつ、森尾に慣れていった。

嫌いとは言われていたけれど、時々そう言われたことを忘れてしまうくらい、森尾の態度は普通だった。なので俺はたまに思い出して、期待するな、と自分に言い聞かせた。

森尾に好きになってもらうこと。

それを期待するなと。その好きが、どういう好きなのか、友だちとしてかもっとそれ以上としてなのか、俺にはよく分からないままだったけれど。

クラスメイトは、最初俺が森尾と登校してきたり、黒田とも仲良くなったのを見て驚いていたけれど、次第に慣れていったのかあまり気にしなくなった。そして、まだほんのときたま残っていた俺への嫌がらせや悪口も、本当に、完全になくなった。

もっともそれはただ一人、大村を除いて――だったけれど。

森尾との早朝練習をするようになってから五日目、俺は放課後、相変わらず一人で掃除をしていた。

我ながらゲンキンだと思うけれど、黒田に掃除を誉められてからは、いかにきれいにするかを自分の中で密かな目標にしたりして、結構楽しんでやっていた。

最後の仕上げと、窓際の机を拭いていると、大村が入ってきた。にわかに、俺は緊張した。

俺と大村の関係は依然としてあまり良くなかった。森尾が俺と一緒に登校するようになってからは、大村の俺を見る眼は以前より険を増していた。今までは単なる揶揄の対象だったのが、大村の大好きな森尾に近づいたせいで、憎い対象に変わってしまった、そんな感じだ。

だから今日も、入ってきたのが大村だと分かるやいなや、俺は机拭きに集中して、気付かないフリをした。うっかり眼が合ってしまったら、なにを言われるか分からないからだ。室内には俺の、机を拭く音だけがしていた。

入ってきた大村は、

「ほんと一人でよくやってるよ。それってなんかのアピールなの？　自分は良い子ですっていう」

と、自分の机にカバンを置きながら、嘲嗤うように言った。

それは明らかに挑発だった。どうして大村は、こうも俺のこと構うんだろう？　どう返していいか分からず、俺は黙って机を拭き続けていた。

「おい、なんか言えよ」

それが気に入らないのか、大村は近づいてくると、俺が拭いている机をガンと蹴り上げてきた。振動に、俺は動きを止めて横に立っている大村を見上げた。

放課後の、低い陽光を横顔から受けた大村の、前髪の影は濃く黒かった。その下の眼差しは、燃えるような憎しみの色を浮かべていた。

「……アピールじゃない。前からやってることだし」

言葉を選び選び、呟くと、大村は鼻で嗤った。

「あっそう。その割に、おとなしそうな顔して、次から次へと男たらしこむよな」

大村の言う意味が分からず、俺は眉根を寄せた。大村は再度、横の机を蹴り上げる。静かな教室に響く騒々しい音に、俺はつい、びくりと震えていた。胃がきりりと痛くなり、冷たい汗が腋下ににじんでくる。

怖い――と、思った。大村は森尾や岸辺よりは小柄だが、それでも俺よりは大きな男だ。犯され、嬲(なぶ)られた記憶が、ふっと頭の隅をよぎる。

「森尾や黒田は、どうやってたらしこんだんだよ？」

大村は冷たく俺を睨(にら)み、蔑むように言った。俺はぎゅっと、持っていた雑巾を握りしめ、必死に自分を奮い立たせた。

「たらしこんでなんか、ない」

大村は、もともと気に入っている森尾や黒田が、俺に構うのを面白く思っていない。たぶん、これは憶測だけれど、大村は森尾のことが好きなのだ。ここは男子校で、そういう話はちらほらある。まして森尾は、女子だけじゃなく、男にもモテるとよく噂されていた。

大村は背を屈め、

「今さら純情ぶんなよ」

と、低めた声で、脅すように言ってきた。

「教えろよ、どうやったんだよ？　チンコ咥(くわ)えさせてくださいって頼んだのか？」

大村の眼の中に、薄暗い軽蔑があった。軽蔑と、そして憎悪だ。

俺はこくりと息を呑んだ。ひどい言いように腹が立ったが、それ以上に岸辺たちに押さえこまれたときの、あの無力感のほうが勝った。きっとなにを言っても通じない。逆らえばなにをされるか分からない――。

「……信じられないなら、いい」

俺はそれだけ呟き、大村の横をすり抜けて、逃げようとした。ところがその瞬間、俺は大村に腕を摑まれ、乱暴に窓に押しつけられていた。

後頭部をガツン、と音がするほど強くガラスにぶつけられ、眼の前がチカチカした。その隙に、大村は俺との間合いを詰めてきて、見上げると、息がかかるほど近くにその顔があった。

「逃げなくていいんじゃね？　訊いてるだけなんだからさあ」

大村の爪が、俺の腕にきつく、ギリギリと食いこんでくる。

「痛い、は、放せよ」

「いいぜ、そのかわりどうしたのか言えよ。チンコしゃぶってやったのか？　上の口でか？　それとも下の口でかよ」

「し、してない」

かすれた声で言ったけれど、大村は聞かない。

「二年一組の委員長は森尾と黒田の便利孔だって言われてるぜ。実際どうなんだよ？」

大村は空いた片手で俺の前髪を摑み、後ろに向けて引っ張った。頭皮に痛みが走り、俺は思わずもがいた。

「い、痛い！」

「お前みたいに暗くて地味でガリ勉しか取り柄のねぇヤツを、森尾が本気で、相手にするわけねえ。なあ、森尾とは、寝たのか」

搾り出すような声で、大村は俺に訊く。俺はほんの一瞬、言葉に迷った。

俺と森尾は……寝た――。

無理矢理だったし、森尾は好きで俺を抱いたわけじゃない。あの行為に愛情なんて、かけらもなかった。

――お前みたいになまっちろいチビ、全然好みじゃないけど。

嘲るように言った森尾の言葉が、鋭いナイフのように、俺の胸を抉っていった。俺を見下ろしていた大村の顔に、怪訝な色が浮かぶ。

「おい、お前……まさか本当に森尾と……」

なにか言いかけた大村の声が、そこで途切れた。

俺の腕に食いこんでいた爪も、髪を引っ張っていた手も緩む。同時に、ものすごい音がした。大村が吹っ飛び、ヤツの体があたった机が数個、ガラガラと倒れたせいだった。

「謝れよ」

そこに立っていたのは森尾だった。突き指も治り、今日から部活に参加しているので、ジャージ姿だ。どうしてここにいるのか分からなかったが、森尾は肩を怒らせ、倒れこんだ大村を睨みつけていた。

「こいつに謝れよ、大村」

聞いている俺のほうが怖くなるくらい、どすのきいた森尾の声。それは残暑のころ、俺を組み敷いたときの声と同じ響きをしていた。

「ってぇ……」

大村は赤くなった頬をさすりながら、上半身だけを起こし、森尾を睨みつけた。

「なに怒ってんだよ……まさかほんとに咥えてもらっちゃって、情がうつったとか？」

「こいつはそういうヤツじゃねぇよ」

間髪入れずに、森尾は言った。

「謝れよ」

「やだね」

大村の言葉に、森尾は近くに倒れていた椅子を、ガンと蹴り上げた。俺のほうに向き直ると、

「なにぼうっとしてんだよ！」

怒鳴るように言い、突然手首を摑んできた。

「も、森尾」

俺を引っ張りながら、森尾はロッカーから俺のカバンをとった。そのまま、後ろで倒れている大村には眼もくれず、教室を出る。俺は思わず振り向いた。

なだれた机の中に座りこんでいる大村は、こちらを睨みつけていた。けれど俺は、どうしてか胸が痛んだ。大村が森尾の背を追う眼の中に、淋しそうな色があったからだ。

——あの気持ちを、俺も知っている。

そんなふうに感じたせいかもしれなかった。

階段の踊り場で、森尾は俺の手を放し、投げつけるようにしてカバンを渡してきた。

「ありが……」

「言っただろ、お前は隙がありすぎるって」

お礼を言いかけた声が、森尾の言葉に飲みこまれた。顔をあげると、森尾は見たことが

ないほどイライラとして、感情的になっていた。頬をうっすらと上気させ、舌打ちをし、怒りがおさまらないように階段を蹴る。

「ランニング中、大村が、教室に戻るのが見えたから……いやな予感がした。俺が行かなかったら……」

そこで一旦言葉を切り、森尾は息を震わせて吐き出した。まるで頭の中の想像に、怯えているように顔を歪める。

「お前、岸辺や俺や、浦野にさせたみたいに、大村にもヤラせたのかよ……っ」

——森尾はなにを言っているのだろう？

俺は混乱した。同時に、森尾の言葉に、理由も分からず傷つけられるのを感じた。

……まるで犯されたのは、俺が悪いみたいな言い方だ——。

呆然としていると、森尾は苛立ったように俺の腕を摑み、壁に押しつけた。

「岸辺たちには何回ヤラせたんだよ」

訊いてくる森尾の吐息が、鼻の頭にかかって生ぬるかった。俺は信じられない気持ちで、ただ、森尾を見上げていた。

……きしべたちにはなんかいやらせたんだよ。

その意味を、頭の中で咀嚼（そしゃく）するのに時間がかかった。分かった瞬間、体が一気に冷えて、血の気が失（う）せていくような、そんな気がした。

校舎のどこかを、誰かが通っていく足音が遠く聞こえた。グラウンドからは運動部のかけ声、ブラスバンド部のオーボエもどこかからか、耳に響いてくる。

「俺が気付く前からヤラれてたんだろ。あのとき、気になって俺が保健室にお前を見に行かなかったら……今もヤラせてたんだよな？　浦野には？　浦野には一度もさせてねーのか……」

森尾がなにか言っていたけれど、よく聞こえなかった。

俺が思い出していたのは――。

思い出していたのは、口の中に突っこまれた性器の生ぬるさと……秘部を裂く恐ろしい痛み。口の中に入れられたトイレットペーパーが苦くて、それから俺が、筒だったこと。大きな筒で、そこに誰かの性器が出し入れされていた。

俺なんて、誰もいらないと思っていた。そして今も本当は、そう思っている。

俺を犯した森尾も、本当は、俺が嫌いなのだから……。

「おい？」

なにも答えない俺をどう思ったのか、ふと眉をひそめて、森尾が俺の肩を掴んだ。

「触るなよ！」

気がついたら、俺はその手をはねつけていた。

瞬間、こらえきれずに涙が溢れて、俺は、

「何回かなんて覚えてないよ！」

と、叫んでいた。

「アイツらは好き勝手に入ってきたんだ！　浦野もあいつらも俺の口を塞いで黙らせて、もがいてもびくともしなかった！　教室でも外でも構わずに、突っこむだけ突っこんで出して俺のこと捨てていった。俺は痛かっただけ……俺はただの筒だったの、だから覚えてない！　あのとき俺は人間じゃなかった、ただの筒、筒だったから分かんない！　誰も俺を好きじゃなかった……俺のこと、誰も好きじゃなかった！」

「……崎」

ぼろぼろとこぼれる涙のせいで眼鏡が曇る。曇った視界の向こうで、森尾の顔が青ざめて見えた。俺はしゃくりあげ、もう一度伸びてきた森尾の指を引っぱたく。

「お前だって同じことしたくせに！」

俺は叫んでいた。喉が切れて、血が出そうなほど細い金切り声だった。

「お前だって同じ……俺を好きじゃなくて、抱いただろ……っ」

言った瞬間、俺は理解した。

ああそうか、とても簡単なことだった。岸辺や浦野に感じた気持ち悪さを森尾には感じなかった理由。そのくせ、傷ついた理由。

それは俺が森尾に、愛されて抱かれたかったからだと。

俺は森尾が嫌いじゃない。嫌いどころか好き。そしてその好きはきっと、ずっと昔から、恋愛感情だったと——、今さら、俺は気付いたのだった。

森尾が今どんな顔をしているのか、俺にはよく分からなかった。こぼれる涙を拭いながら、俺はその場を駆け出していた。

頑張って、ようやく少しだけ、友だちっぽくなれたのに。

きっとこれでもう、二度と森尾は俺を構ってはくれないだろう。頭の隅でそう思いながら、俺はそれでも後ろを振り返らず、逃げるように走っていった。

九

夜半に降りだした激しい雨は、朝になって小雨に変わった。

森尾をはねつけた翌日、体のだるさを言い訳にして、俺は学校を休んだ。

河川敷で、今朝も森尾は俺を待っていただろうかとも考えたけれど、この雨なら今日は練習もしないだろうと気にしないことにした。

もし晴れていても、きっと森尾は待ってくれたりしなかっただろうと、そうも思いながら。

みんなが学校に行ってる時間帯、俺はベッドの中で何時間もぼんやりとし、時々うつらうつらと眠って、また眼を覚ましてぼうっとし……そんなことを繰り返していた。

なにか考えようとしても、思考がまとまらない。

明日から学校に行けるだろうか。行っても、また頑張ってクラスメイトに挨拶ができるだろうか。大村や、森尾にも？

森尾は俺をどんな眼で見るだろう。

もう親切にする義理はないと、昔のように簡単に無視するだろうか……。

森尾にそんなふうに冷たくされたら、俺はまた頑張れるのか、とても自信がなかった。

眠ると、子どものころ、森尾がバスケットを練習しているあの河川に落ちたことを繰り返し夢に見た。長い間すっかり忘れていたのに、どうしてなのか不思議だ。

それはまだ、ほんの小さいときだった。

お母さんと河川敷で遊んでいて、川面(かわも)に光が乱反射するのが面白くて覗きこんでいたら、なにかの拍子にバランスを崩してそのまま落ちた。

水の中で、自分の体からどんどん空気が抜けていき、眼の悪い俺には周りがなにも見えなかった。ただ光は分かったから、懸命にもがいて、光のあるほうを目指した。

鼓膜には俺を下へ下へと押し流す水流の音と、俺の体から抜けていく空気の音と、もっと向こうでは、お母さんの叫び声が聞こえていた。

光は白く頭上にあり、すぐにも届きそうなのに、水圧が俺の体を下へと押しこむ。どれだけもがいても、水流に勝てない。すぐ近くに光は見えているのに。

溺れていたのはほんの短い時間で、すぐに通りがかった男の人に助けられた。母親は散々泣いたけど、俺はちょっと風邪をひくくらいですんだ。

こんな夢を何度も見るのは、もがいてももがいても、結局俺には光のある場所には行けないという意味だろうか。

眼が覚めると三時過ぎだった。

雨はあがったようで、部屋の中には、昼下がりの光が窓から差しこんでいる。

——学校、変えようかなあ。

ぼんやりと思った。

浦野(うらの)の事件があったときに、お母さんはそうしていいと言ってくれた。そのほうがいいのかもしれない。結局どれだけ頑張っても、俺があの学校で少しでも誰かに好かれるなんて、無理な話だったのかもしれない。

仰向けになると、お母さんが熱が出たら使いなさいと言って置いていった、水を張った洗面器の反射が、天井に映ってゆらゆらと揺れていた。

丸い形がバスケットリングみたいだと思い、俺は天井に向かって両手をあげ、ポーズをとった。

——俺まだ、一度もシュート、決めてないや……。

森尾との河川敷の練習では、いつもギリギリのところではずしてしまっていた。あとちょっと、と森尾は口癖のように言った。

あとちょっとで入る。あとちょっとで入るから、頑張れ。

俺はもう一度ボールを掲げるポーズをし、洗面器の丸い反射に、狙いを定める。

——次で入れるって決めるんだ。

と、森尾は言っていた。

――入るって決めたら、入る。入らないって思ったら、入らない。

俺は腕を伸ばすようにして、シュートした。

想像上のボールは美しい半円を描いて飛び、バスケットの中に落ちていく。

ふと思う。必ずやろうと決めて、なにかしたことって、今までにあっただろうか？

天井に描いていたボールの幻影が消え、俺は心の中で考えた。

もがいてももがいても、自分の力だけじゃどうにもならないという思いが、急に自分を臆病にさせる。

でも、と、俺は川に落ちたときのことを思い返す。

――それでも、もがかなかったら……あのとき助けがくる前に、俺は死んじゃってたかもしれない……。

もがいたことは、それなりに意味があったのかもしれない。

森尾が俺を嫌っていることや、傷つけるために森尾が俺を抱いたのは辛かった。

それでも俺は森尾を嫌いになんかなれないのだ。ほんのちょっと前まで、大嫌いだと思いこんでいたのは、森尾に振り向かれない淋しさを、そうやってごまかしていただけだ。

前より一緒にいられるようになり、話もできて、森尾が、実はとても努力していると知った。それでも俺にとって森尾は、やっぱり森尾。

幼いころから、いつでも俺の前を、風のように走っていく人だった。その背中を必死で追いかけ、追いかけても追いかけても届かないのに、追いつきたいと、追いついてみたいと、心から渇望した人だった。

ウォークラリーのあと、もしもすぐ俺がありがとうと言って、話しかけていれば違っただろうか？　傷つくのが怖くて言えなかったその一言を、言っていれば――？

だとしたらまだもう少し、頑張る意味もあるのかもしれない。

せめて、シュートが一回でもいいから決まるまで。

……今日一日休んだら、明日はちゃんと学校に行って、謝ろう。

と、俺は思った。森尾は許してくれないかもしれない。もともと俺なんて嫌いなのだから、せいせいしているかもしれない。

それでもいい。打たないシュートは入らない。打てば入るかもしれないのだ。

もしもそれで傷ついても、もう、それは構わない……。

そのとき、

「路(みち)っ、お友だちよ」

お母さんが、妙に興奮した声でドアを開けた。

俺は振り向いて、それから――思わず眼を瞠り、飛び起きていた。

「お見舞いに来てくれたんですって。やーねー、大したことないのよ」

お母さんは今まで見たこともないくらいはしゃいだ様子で言い、「お茶持ってくるわね」と付け加えて階下に下りていった。部屋の入り口に立っている森尾が、それに、「すいません」と言って頭を下げる。

俺は呆然としていた。

たしかにもう学校は終わる時間だけれど、部活のある森尾が、ここに来られるような時間じゃない。ということはわざわざ部活を休んできたということで、なぜ？　どうして？と俺は不思議だった。不思議で、分からなくて、混乱した。

「座っていいか？」

入り口のところで突っ立ったままの森尾が、居心地悪げに訊いてきた。どうぞ、と口にする前に、階下からお盆を持ってあがってきたお母さんが、

「あらやだ、路ったら、なにお友だちを立たせてるの。ごめんなさいね、気がきかない子で。森尾くんだったかしら？　座って座って」

と、早口にまくしたてる。

俺の部屋にはロウテーブルなんてないから、お茶とお茶菓子の乗ったお盆を床に置き、お母さんは「ゆっくりしてってね」と言って立ち去っていった。

「お前って母親似なんだ」

森尾はそんなことを言いながら座った。俺はなんだか恥ずかしく、居たたまれないよう

な気持ちになった。

友だちが家に来るなんて初めてだから、お母さんは舞い上がっているに違いない。それも森尾みたいに、かっこいい相手だからなおさらだろう。

「ご、ごめんうるさくて」

「いや、優しそうだし、いいお母さんだな」

俺はベッドに座したまま、黙ってしまった。森尾も黙ってしまい、俺たちの間には妙な緊張が走っていた。

どうしてここに？

今日部活は？

なにしに来たの？

……俺に、会いに来てくれたの？

訊きたいことはいっぱいあった。

でもそれよりも、先に言わなきゃいけないことがある。明日言うつもりだったけれど、森尾が来た以上はここで言うしかない、と俺は思った。膝の上に置いていた両手をぐっと握りしめ、拳にした。腹の奥に力をこめ、それからすうっと息を吸いこむ。

心の中で覚悟を決めて、いち、にの、さん、で、

「悪かった」

口を開けたその瞬間、俺が言おうとしていた言葉を森尾が口にした。

「本当に。ごめん」

大きな体を折り曲げ、森尾がその場に深々と頭を下げた。俺は呆気にとられて、ばかみたいに口をぽかんと開けた。だって、今俺がちょうど言おうとした言葉を……。

「な、なんでって、なんで森尾謝るんだよ？」

「なんでって、悪いことしたから謝るんだろ」

「悪いって……なんのこと？」

昨日森尾は大村から助けてくれた。ひどいことを言われて傷ついたのは、ある意味では俺の勝手だ。森尾からしたら、嫌っている俺に、あれくらい思っているのは普通かもしれない。

けれど森尾は俺が訊くと、ぎゅっと眉根を寄せて苦しそうに顔を伏せた。

「全部だよ。九月に、お前を犯したこと。そのあと無視したことも、いじめられてるの、助けなかったことも……昨日も、つい、嫉妬してひどいこと言った」

家の正面の細い道を、車が一台、通りぬける音が聞こえる。

森尾は、「俺はあんまり、器用じゃないから」と呟く。

「お前みたいなタイプって……今まで周りにいなかったし、どう扱っていいのかよく分からない。怖がらせてる気がして……ちゃんと優しくしようとは、思うんだけど」

そんな言い訳通用しないけど、と森尾は小さく付け足した。

「無理に犯したときは、腹が立ったのもあるけど、お前が可愛かったのもあって……ムラムラしたっていうか」

最低なのは分かってる、と森尾は急いで言う。

「その後は、自分のしたことを正当化してたから、お前を無視した。でも浦野に犯されそうだったって聞いて、内心、動揺してた。お前はどんどん、痩せてくし。そしたら岸辺たちにヤラれそうになってるとこを見て、俺……めちゃくちゃ、ショックを受けたんだ」

「……ど、どうして？」

そっと窺うように訊くと、森尾は、「俺がしたのは同じことだって、現場見て突きつけられたから」と答える。

「償おうと思った。それでバスケ教えようかって……他に、お前といられる理由が思いつかなくて……黒田は、普通にお前と友だちになってたのに。……なんていうか、お前小さいし、全然食べないし、ほっといたらまた、誰かになにかされそうで、気が強いと思ったらおどおどしてたり、おどおどしてると思ってたら気が強かったり……俺とは違う生き物みたいで……どうしていいか分からないことがしょっちゅうなんだ」

俺は森尾が言おうとしてることがなにか、途中からよく分からなくなった。けれど、もしかすると俺のことを嫌いな理由を言ってるのかな、とも思った。

べつに今さら言わなくても、そんなことは知っているのに。

そう思うと、胸が痛くて息苦しくなってきた。うつむいて、ぎゅっと唇を噛むと鼻の奥がツンと痺れて泣きそうになる。だから唇を噛みしめて、それをこらえる。

俺がうつむいたのを見て、森尾のほうも困ったように言葉をおさめた。

窓の外から、通りを行く子どもの声がした。ぱたぱたと駆ける足音、笑い声と一緒に、それらはやがて小さく消えていく。

「……じゃ、俺そろそろ行くな。明日、もし来るなら河川敷にいるから」

森尾が立ちあがる。カバンを持ち上げ、大きな体で踵を返す。するとそれだけで、窓から差しこむ昼下がりの光が、森尾の体にぶつかって部屋の中で揺らめく。

「……そんなに、嫌わなくてもいいだろ」

喉の奥から声がしたのは、突然だった。

「え?」

問い返すように振り向いた森尾へ、俺は顔をあげた。眼と眼がぶつかった瞬間、抑えていた涙がどっとこみあげてきた。

「森尾のばかやろう!」

涙で歪む視界に、森尾の驚く顔がある。それを見たくなくて、俺は枕を摑んで投げつけた。でも枕は森尾にはあたらず、森尾を飛び越えて向こうの壁にあたる。

こんなときまで運動神経のない自分が悔しくて、今度はかけ布団を投げる。でも当然そんなものは森尾に届かず、俺は体勢を崩してベッドの下に転げ落ちた。

「お、おい」

森尾がカバンを置いて俺のそばに駆け寄ってきた。しゃがみ込んだその胸を、俺は拳で打った。

鈍い痛みが俺の拳にあった。同じ痛みを森尾が感じたかと思うと、涙は更に溢れ出した。

「森尾に……っ、森尾に俺のことなんか分かるもんか！　お、俺が頑張って頑張ってようやくみんなのできることの半分くらいができても、も、森尾はそれ以上できるんだから……分かるもんか！」

俺はもう一度、森尾の胸に拳を叩きつけた。

「俺は小さいよ！　弱いよ！　眼鏡でダサくて冴えなくて、どうせ、森尾の好みじゃない、なまっちろいチビだよ！　一緒にいたって面白くないだろうけど……でも、俺はこれで頑張ってるの……」

拳から力が抜けて、うつむいた視界に、森尾の制服のズボンが見えていた。こぼれた涙が、眼鏡の鏡面に落ちて水滴になる。

「俺、森尾になにかした……？　なんでそんな嫌うの？　……俺は森尾のこと嫌いじゃないのに」

謝ろうと、謝ってなんとか修復しようとしていた俺の気持ちはこなごなになって、もうダメだろうと、頭の隅で考えた。俺は片腕で自分の目頭を押さえながら、もう片方の手で森尾の胸を押した。

「ごめん、もう行っていい」

最悪だ。これでもう、河川敷には行けない。森尾と友だちにもなれない。

「行っていいってば」

なかなか立とうとしない森尾の胸を、もう一度押す。不意にその手を、森尾の大きな掌が握りこんできた。

森尾の手は、熱かった。

その熱に、俺はハッと顔をあげた。森尾はきっとものすごく怒っていて、殴られるのだろうと思ったからだ。けれど見上げた森尾の表情は怒っているというよりも、なにか切羽詰まったような、苦しげな表情だった。

数秒だったのか、数分だったのか、俺も森尾も言葉もなく、じっと見つめ合っていた。

「……俺が嫌いじゃないって、本当か？」

ふと、森尾が訊いてきた。その声が震えているように感じたのは、気のせいだったのか。

窓から差しこむ陽光に照らされて、森尾の睫毛（まつげ）が金色に光っていた。それが近づいてくるのを、俺はどこか夢を見ているような、他人事のような気持ちで眺めていた。

森尾は俺の目許に唇を寄せると、涙をすすってくれた。

腰を引き寄せられ、気がつくと俺は森尾の胸に倒れこんでいた。

眼鏡がはずされ、唇に熱いものが押しあてられた。森尾の唇だ。

そのまま、優しく唇を愛撫され、体から力が抜けていく。

どさりと音がしたけれど、俺は自分が森尾と一緒に床へ倒れこんだ音だと気付くのに、やっぱり数秒かかっていた。

森尾はきっと、なにかの熱に浮かされたのだと思った。

森尾の足が、床に置いたままのグラスを倒して、麦茶がこぼれる。それにも構わず、森尾は大きな手で性急に、だけど信じられないほどの慎重さで、俺のパジャマを剝いでいき、素肌を優しく撫でていった。

森尾は俺の唇を何度も吸いあげ、時々ついばむようにした。

森尾の指先が俺の乳首の先にたどりつき、くに、とつまむ。優しい触れ方に、背筋に甘い痺れが走った。

「あ……」

鼻にかかった、甘い声が漏れて、俺は自分でも驚いた。こんな触られ方をしたのは初めてだった。森尾は俺の乳首をくりくりと可愛がり、すると俺は腰に甘い悦楽を感じて、「あ、あ、あ」と喘いでしまう。

「崎田（さきた）」

　森尾が俺の耳元で、くぐもった声を出す。

「ごめん、崎田」

　ごめんな、とまた声がした。

　そんなに何度も謝るのがかわいそうに思えて、俺は森尾の頭を抱いた。すると森尾の柔らかな猫毛が、俺の頬にそよそよとあたった。


　森尾は初めのときと違って、怖いくらい優しかった。

　ベッドの上に俺を抱き上げて寝かすと、もどかしいほどに何度も乳首を舐めた。森尾の舌先で転がされる乳首から、下半身に切ない刺激が走る。熱く勃ちあがりかけた俺の性を、森尾は空いた片手で握りしめた。

「あっ、森……」

「祐樹（ゆうき）」

　森尾は教えるように少し強い口調で言って、俺のそれを擦りあげた。

「祐樹って呼んで」

「あ、あ……あっ、呼ぶから、あっ……ん」

森尾の肩にぎゅっとしがみついた。数度擦られただけで、体が一瞬ピンと張り詰め、俺は達していた。

体がぐにゃりと溶けたようになって、力が脱ける。森尾は俺の体を抱きしめてくれた。すると俺の裸の胸に、森尾の体温が温かく感じられた。

達したあとの気だるさの中で、森尾の心臓の音を聞いていると、とろとろと眠気に襲われた。けれど眠る前に、後孔に森尾の指が入ってきた。

「ひゃっ……あ」

「力、抜けるか？」

耳元で、あやすように優しく、森尾が言う。

何度か感じさせられた圧迫感に、涙がにじんだ。でも、不思議と痛くない。一度達して体が緩んでいるせいか、森尾が俺の精をとり、たっぷりと濡らしてくれたからかもしれない。

森尾の肩にしがみつき、もっと力を抜こうとする。不意に森尾の舌先が、俺の乳首をなぞり、空いた手が俺のモノを包んで撫でていく。

「……あ、んっ」

俺が甘い声を漏らしたタイミングで、指がもう一本、増やされた。

「平気か？」

訊かれて、俺は必死で頷いた。森尾に貫かれると、慣れていない異物感に息が乱れる。でも、やめてほしいとは思えない。むしろ俺はこうしてほしかったんじゃないかと、岸辺たちの汚した場所を、森尾にもう一度かき乱してほしかったんじゃないかと、そう思いさえした。

「あ……！」

俺の中をゆっくりと掻き回していた森尾の指が、ある一点を擦ったとき、体の芯に甘く崩れるような愉悦が走った。森尾はとたん、執拗にその一点を擦りはじめた。

「あ、や、やだっ、そこ、あぁ……！」

今まで感じたことのない強烈で、甘すぎる刺激が怖くなって、俺は森尾にすがるようにしがみついた。なのに腰は、そこだけ別の生き物になったみたいに淫らに揺れ、それを森尾に見られていると思うと、死ぬほど恥ずかしかった。

そして突然指が引き抜かれたかと思ったら、今度は倍ほども質量のあるなにかが、俺の入り口に押しあてられていた。

ああ、これは森尾の性だ。

森尾は俺に、入ってこようとしている——。

そう思うと喉が震え、どうしてだか目頭に、涙が盛り上がってきた。

眼鏡をかけていないから、森尾の顔は見えない。ただ、「崎田」と呼ぶ森尾の声が、ほ

ん の少し不安そうなことだけが分かる。

「……だめか？」

俺は首を横に振った。そうじゃない。

「だめじゃない。……入れて」

俺は自分から、そうお願いしていた。

そのときの気持ちはどう言えば伝わるだろう。

俺は俺の中に森尾を飲みこんで、森尾の一部になりたいような、そんな欲望を感じていた。あるいは俺の中に、森尾を取りこみ、森尾を俺の一部にしたいような——もっと簡単に言うなら、俺はただ森尾に、もっと近く強く、他人同士で繋がれる一番深いところにまで肉薄したかった。

それだけかもしれない。

俺は眼を閉じ、やってくる痛みを待った。森尾が入ってくるとき、下腹を圧迫する苦しさはあったが、痛みはさほどなかった。俺の中に分け入ってきた森尾の杭の熱さが、後孔の熱とあいまって、ジン、と伝わってくる。

「んっ、あ……っ」

森尾が動いた。階下の母親に聞かれないよう、俺は唇を噛みしめた。

「崎田、唇、傷になる」

森尾の声がする。俺の声を吸い取るように、森尾の唇が俺のそれにかぶさった。森尾の太い杭は、先ほどまで俺を狂わせていた一点を正確に突いてくる。そのたびに性器の先端と脳の天辺が引き絞られ、体の芯がふわふわと溶けていく、狂おしい悦楽を味わった。

「崎田」

俺の口の中を舌で掻き回し、淫猥に音をたてながら、森尾は俺の名前を呼んだ。

崎田、崎田と何度も。

そう呼ばれるたび、俺は快感の中へ、より深く、強く、押し流されていくような気がした。

森尾が俺の中で果て、俺ももう一度果てて、俺たちのセックスは終わった。

終わって冷静さを取り戻すと、俺は自分がやったことの恐ろしさにぞっとした。いつお母さんが下からあがってくるか分からない状況だったのに、どうして抱かれたりしたのだろう。

けれど今回は無理矢理なんかじゃなくて、俺ははっきりと自分から、森尾に抱かれたのだ。入れてと言ったのは、どう思い返しても俺だった。

お互いに果てたあとは、なんとなく気まずい空気になった。

森尾は終わったあと、しばらく俺を抱き寄せて肩を撫でてくれていた。それは心地よく、森尾の中に俺の肌が半分溶けて、染みこんでいくような感覚を覚えた。最初に抱かれたときと違い、今回は本当に、気が狂いそうなほど気持ちが良かったし、森尾は最後まで優しかった。

けれどいつまでもそうしているわけにもいかず、俺のほうから森尾の胸に手を置いて離れた。森尾はため息をつき、

「……俺、帰るな」

と、言った。

外はすっかり暗くなっていた。森尾は自分が脱がした俺のパジャマを拾いあげると、

「着れるか？」

と言いながら、眼鏡と一緒に渡してくれた。

「平気」

受け取って眼鏡をかけ、のろのろと着替える。森尾も床に落ちていた制服を身につけた。

「ごめんな、麦茶こぼしちまったな」

森尾が床についたしみを、自分のスポーツバッグから出した部活着で拭きはじめたので、俺は慌てた。

「あ、いいよ。俺やっとくから」

ベッドから下り、森尾の手から部活着を奪った。その俺の手首を、森尾が掴む。

「崎田」

不意に森尾は、思いつめた声を出した。

一秒が、一時間に感じる瞬間。

なにか言いたげに、森尾の口が動こうとしたそのとき、

「森尾って俺の名前知ってたんだ！」

俺はそう、口走っていた。

とたん、頬にかっと熱が広がり、俺はうつむいた。心臓が喉から飛び出そうなほど、ドキドキしていて、痛かった。

「……知ってたんだ、俺の名前」

震える声で言う。森尾に掴まれている手首が、燃えるように熱い。

「知ってるよ」

やがて、森尾がため息混じりに呟く。

「知ってるに決まってるだろ、ガキのときからずっと一緒なんだから」

俺は顔を上げた。

「なんなら下の名前も言ってやろうか？　それで呼んでも、いいなら……」

間近に見える森尾の顔が、歪んだ。

でもそれは森尾が歪めたのではなくて。

これまでずっと溜めていたものがはち切れたように、俺は我慢できなくて、気がつくと森尾の首にかじりつき、泣いていた。

以前黒田の前で泣いたときのように、まるで子どもみたいに、声をあげてわんわん泣いた。一瞬俺の背でさまよった森尾の腕が、やがてきつく、俺の体を抱きしめてくる。

——森尾、森尾森尾森尾。

森尾祐樹。

風みたいに走る森尾。どれほど追いかけても、追いつけなかった森尾。

俺には遠かった森尾。

その森尾が、俺の名前を知っていた。

俺の名前を知っていたのだ。

崎田路という名前。

この二年間、ほとんど誰も呼ばなかった、けれど俺にとっては大切な、たった一つの名前を——。

森尾はちゃんと、俺のことを知っていてくれた。

これ以上、なにを望むことがあるのだろう?

「言っておくけど、俺、お前のこと嫌いじゃないからな。むしろ俺は、お前を……」

耳元で森尾がなにか言っていたけれど、俺にはあまり聞こえていなかった。

森尾は俺に、なにを言っていたのだろう?

階下にいた母親が、階段を半分のぼったあたりから、

「路ー、森尾くん、お夕飯食べてくかしらー?」

と、言っているのが聞こえた。

部屋の中は薄暗く、俺の泣き声と森尾の息遣いだけが響いている。

雨あがりの澄んだ空には、秋の星が冴(さ)え冴(ざ)えと、瞬きはじめたころだった。

あの子がほしい

好きな人がいる。名前は崎田路(さきたみち)。

努力家で、ちょっと鈍くて、でも可愛い。

俺はその人を、尊敬している。


「みっちゃーん、数Bの教科書持ってる？　忘れちゃったんだけど貸してくんね？」

二時限目の休憩時間。

三組の佐藤(さとう)が、廊下に面した窓から身を乗り出して崎田を呼んだ。

季節は七月で、学校は夏休みを目前に、少し浮ついた雰囲気だ。けれどうちは進学校なので、いよいよ受験本番を目前にして、どこかピリピリと緊張してもいた。

崎田は机の中から数Bの教科書を持っていき、佐藤に渡してやっている。

「助かったー。みっちゃんの教科書、問題の下に答え書いてあるから大好き」

そう言って佐藤が、汚い顔を崎田の教科書になすりつけるので、俺はイライラした。

「うちのクラスのほうが、授業進んでるからね」

崎田は優しいので、にこにこと応対している。あんなばかに笑顔を見せることはない。

俺はそう思うが、崎田は基本的にいつでも誰にでも笑顔だ。一年前までの崎田からは、とても考えられないことだが。

三年生にあがる少し前、崎田は分厚い眼鏡をはずしてコンタクトに変え、やや長めの前髪を少し短くした。そうして現れた素顔は、長い睫毛に大きな瞳、薔薇(ばら)色の唇に丸い頬。どこかあどけなく、「小さい、可愛い」に飢えている男子校では、すぐ人気者になってしまった。

——崎田が可愛いことなんて、俺は崎田が眼鏡のころから知っていたけどな。

俺は最近、そんなことばかり考えてむかついている。

「佐藤、お前たまには自分で教科書持ってこいよ」

「お、森尾」

我慢ならずに会話に割って入ると、佐藤はようやく崎田の教科書から顔を離した。

「お前、今日部活行く？　新スタメンが紅白戦やるんだってよ。俺、村井(むらい)と一緒に見に行くんだけど」

「行かねぇよ」

「なんで。みっちゃんは？　みっちゃん行ってあげたら、後輩連中が張り切るんじゃゃね」

「行かねぇって」

「なんで森尾が答えるんだよ、俺はみっちゃんに訊いてんの」

佐藤がなかば呆れた顔で、俺を見上げる。

「もう引退したんだから、おいそれと行くなよ。下がやりにくいだろ」

「うるさいやつだな。いいだろ。受験の息抜きだよ、息抜き。お前みたいに、模試で軒並みA判定のヤツに、俺ら下々のストレスが分かってたまるか」

ぎゃあぎゃあと言いあう俺と佐藤を、崎田は苦笑気味に眺めている。

けれどその黒い瞳には、ばかげた言い争いを聞いているのさえ楽しいというような、それでいてもったいないというような、臆病めいた色があって、俺はそれを見るとなんともいえない愛しさが――やりきれない感情と一緒に、喉元までこみあげてくるのを感じた。

こんな気持ちを、俺は長らく知らなかった。

ずっと、たぶん、崎田を好きになるまでは。


佐藤は俺と同じで元バスケ部だ。佐藤が崎田に気安い態度なのは、二年生の三学期から、俺たち三年が部を引退する五月まで、ほんの半年程度だが崎田がマネージャーをやってくれていたからだ。崎田を部に誘ったのは、同じくバスケ部三年生の黒田（くろだ）だった。

ムサ苦しくデカい男ばかりの中に、いきなり崎田みたいに細っこく、可愛いのがやって来たので、部の連中は色めきたった。

崎田は二年生の二学期、陰湿ないじめにあっていたが、俺や黒田と仲良くなってからはそれもぱったりやんでいた。いじめがなくなったのは、崎田が変わったせいもある。

以前までの崎田は、愛想がなく、誰とも話そうとせず、暗く、近寄りがたい雰囲気があった。

ある日崎田は教師から、強姦未遂を受けた。

それを皮切りにいじめられるようになり、やがて、岸辺（きしべ）とかいう不良グループに――言いたくはないが、輪姦（りんかん）されていた。

けれど崎田はそれを乗り越えた。正確に言えば、まだそのトラウマを引きずっているが、必死に乗り越えようとしている。とにかく、崎田はできるところから自分を変えていった。

クラスメイトにおはようと挨拶をしたり、なるべく笑顔で話したり、そういう小さな努力だったが、およそ一年の間で、めまぐるしく崎田の環境は変わったように見える。

もともと部のマネージャーに黒田が誘ったのも、トラウマ克服のためのリハビリだった。もっとたくさんの人間と関わったほうがいい、黒田はそう思ったらしい。崎田はその想（おも）いに応えるように頑張って、おかげで部のばかどもは、掌を返して「みっちゃん大好き」になった。

もっとも、バスケ部の連中には集団いじめに加わるようなタイプはいない。なのでまだいいとして、俺が許せないのは、ちょっと前まで崎田をいじめていた連中の中にも、「みっちゃん大好き」を唱えるヤツがいることだった。

たぶんこれは、同族嫌悪というやつだろう。

俺も同じだから。俺も、去年の九月、崎田を傷つけた。

こっぴどく、残酷に、一番汚い方法で傷つけた。レイプしたのだ。気に入らないことがあった、その、腹いせに。

それが、数ヶ月もしないうちに「みっちゃん大好き」になっている。俺こそ滑稽で、自分勝手な人間だった。

ちなみに告白もした。

そうしてもちろん、玉砕した。

好きだと伝えたとき、崎田は声をあげて泣くだけで、なにも言ってはくれなかった。それから一日、一週間、一ヶ月待っても、崎田からは返事がなかった。

さすがにふられたのだと、諦めるしかなかった。

けれどまあ、当たり前だと俺にも分かっていた。自分を犯した男と恋人になるだなんて、俺だって願い下げだ。

それでも俺は崎田が好きなまま、ここ一年近く、不毛な片想いをし続けている。

「本当に行かなくてよかったの？」

夕方、崎田は一緒に帰る道で、そう訊いてきた。

「部活……後輩の子たち、森尾が見てくれたら嬉しかったんじゃないかな」

気遣う視線に、俺はまさか、と思う。崎田はどうも勘違いしているようだが、俺はそれほど後輩に慕われていない。

「俺はもう引退してるんだよ。忙しい受験生だ」

それに、崎田とこうして一緒に帰ることのほうが、俺にとっては重要だった。

崎田がマネージャーをやっている間は、部活のあと、大抵黒田も一緒に帰っていた。黒田は俺と腐れ縁だし、一応親友でもあるし、崎田とも親しいのでそれは仕方がない。しかし黒田がいると、崎田は黒田とばかり話す。二人は気が合うのだ。

そもそも崎田と先に仲良くなったのは黒田で——黒田は崎田がいじめられていたときも、庇っていた。俺も庇っておけばよかった、と後悔してももう遅い。——とはいえそれでも、面白くないのは事実だ。

けれどその黒田はバスケットで指定校推薦をとり、いまだに部活を続けているので、普通受験組の俺と崎田は二人きりで帰れるようになった。視線を下ろすと、茜(あかね)色に染まる街を背に、崎田の丸い小さな頭も赤く染まっていた。風になびき、こしのない頭頂部の髪がそよそよと揺れていて、……可愛いな。

そう思う。

つい、手を伸ばして頭を撫でようとし――俺はその手を引っこめた。危ない。いつも無意識に、俺は崎田に触れそうになってしまうのだ。

「……今日、うちで勉強していくか？」

「森尾教えてくれるの？」

声をかけると、崎田は嬉しげに顔をあげた。

崎田はいじめられていたせいで、一時期大幅に勉強が遅れた。その罪滅ぼしじゃないが、俺は崎田の勉強を時々みている。もともと努力家の崎田は、教えればちゃんと理解できる頭のいい生徒だ。もうほとんど遅れを取り戻しているし、入試の模試の判定もAとBがほとんどなので心配ないが、俺にはべつの、言うなれば下心があった。

ただただ単純に、崎田となるべく長い時間、一緒にいたい。

そして俺は、崎田もちょっとくらい、そう思ってくれていたらな、とくだらない望みをかけている。我ながら、かなり女々しい。

「じゃあ、寄らせてもらおうかな」

女々しいが、崎田がそう言ってくれたとたんに、俺はホッと息をついていた。自分でも笑えるが、崎田が俺の家に来てくれるかどうか、俺は相当緊張して訊いていた。

崎田のたった一言で簡単に心が弾む。こういう自分を知るたびに、俺はどうしてこんなにも崎田が好きなのだろう……と不思議になる。もうふられていて、望みなんてないのに。しかも相手なんて、ほしけりゃ他に、いくらでもいるのに。

「どうせなら、夕飯食ってけよ」

崎田を誘う俺の声はどうしても浮かれてしまう。

「いいの？　じゃあ森尾の家で、電話借りていい？　お母さんに電話する」

驚くことに、崎田は今どき、携帯電話を持っていない。いかにも大事に育てられた、箱入り息子という感じだ。男兄弟の中で、放置されて育った俺とは大分違って、崎田の家には家庭的な優しい雰囲気がある。

純粋培養の息子さんによからぬ欲望を抱いていてすいません――という後ろめたさが俺にはあって、お母さん、の単語を聞くと、「あ、おう」と答える声が、今日もわずかに上擦ってしまった。

「あれっ、路くん？　路くんだ。久しぶりー」

玄関を開けてすぐ、俺はつい顔をしかめてしまった。そこには今日いないはずの、二番目の兄貴がいた。

兄貴はリビングから顔を出して、「路くん、路くん」と気安く呼ぶ。俺は、俺がいまだに名字で呼んでいるのに、勝手に名前を呼ぶんじゃねえよと言いたくなるのをぐっと抑えねばならなかった。

「あ、お兄さん……。すみません、お邪魔します」

崎田はいい子なので、小さな頭をぺこりと下げて挨拶をした。兄貴はにやにやといやらしく笑いながら、とうとう廊下にまで出てきた。

「なんだ、路くんが来るって知ってたら、ケーキでも買ってきたのに。今日の夕飯、食べていってくれるんだよね？　一緒に食べようね」

「あ、はい、お邪魔でなければ……」

「邪魔なわけないじゃない。むしろ祐樹のほうが邪魔なくらい。あはは！」

一人で笑う兄貴に、あははじゃねぇよ、と思いながら俺は舌打ちした。二番目の兄は今年二十七歳で、俺より九つも上なのにまるで落ちつきがなく軟派だ。設計士という仕事のせいもあるが、着ているものもラフだし、髪も染めていてチャラチャラしている。

「崎田、電話こっちだから」

兄貴から引き離したくて、思わず細い腕を掴むと、崎田は少しびくついた。あ、しまったとは思ったが、もう触ってしまったし、兄貴と話をしてほしくないので、とりあえず廊下の固定電話の前に引っ張っていき、終わったら先に部屋にあがっているようにと伝えた。

　その足で台所に行くと、案の定兄貴が崎田への飲み物を用意しているところだったので、横からその仕事を奪った。

「なんだよ、お茶くらい持っててってやるって」

「いいんだよ。兄貴は邪魔すんな」

「ははあ、警戒しちゃって。可愛いなあ、祐樹くんは」

　兄貴は眼を細め、俺より背が低いくせに、腕を伸ばして俺の頭を撫で回してきた。

「やめろよ、うっとうしい」

「あ、こっちがよかった？」

　俺が振り払うと、兄貴はしれっとして俺の尻を撫で回した。本気でぞっとして、足を踏みつけたが、憎たらしいまでの素早さでサッと逃げられる。兄貴は俺の反応を面白がって、にやにやと腕を組んだ。本当に腹のたつ男だ。

　この二番目の兄、洋樹(ひろき)は、俺と同じでバイ・セクシャルだ。男も女もイケる。そもそも女としかヤッたことのなかった俺に、男子校に入ったなら、一度くらい食ってみれば、と男の味を覚えさせたのも、こいつと言えばこいつだった。

　正直言って、俺はかなりモテる。百八十を超えた長身に、筋肉で締まった体格。顔もいい。見てくれだけならいいほうだと、自分でも知っている。

　運動も勉強もできる。もちろん努力はしてきたが、そもそも努力自体がべつに苦痛ではなかった。やればやっただけ、あるいはやった以上の成果が出た。上の兄二人も同じで、俺はいつも優秀な兄たちと比べられ、生きるために努力するのはごく自然なことだと思ってきた。

それでもどうしても、兄弟内ヒエラルキーで俺は常に最下位だ。

ところが世間に出ると、そうでもなかった。学校という狭い世間の中で、俺はいつもヒエラルキーのトップクラス。上にいくのは息をするように簡単なことだった。

気がつけば、男でも女でもよりどりみどりで、俺は一年前まで、気が向けば寄ってくるヤツを持ち帰って遊んでいた。

だがこの家には、とんでもない落とし穴があった。それがこの洋樹だ。こいつはなにが楽しいのか、俺が連れてきた相手にちょっかいをかけ、あわよくば自分も食おうとする。しかも一度食べたら捨てる。俺なんかよりずっとえげつない。今までは俺も似たようなものだったから、べつに気にしなかった。

だが崎田は別だ。気にする。ものすごく、死ぬほど気にする。

「お前……仕事、納期が短くなって忙しいんじゃなかったのかよ」

呻くように言うと、兄貴は「それが昨日で終わってさあ」と肩を竦めた。

「俺、優秀だから。残念だったね、祐樹。俺がいると知ってたら連れてこなかったんだろ。可愛い可愛い、路くん」

「路くんって呼ぶなよ、崎田になにかしたらぶっ殺すぞ」

俺が低い声で唸ると、兄貴はゲラゲラと笑った。完全に楽しんでいる。

「あーあ。今まで誰にちょっかいかけても、平気そうな顔してたじゃない。よっぽど好きなんだね、あの子のこと」

電気ケトルのスイッチを入れ、湯が沸くのを待っている俺のそばで、食器棚にもたれかかって兄貴が言う。うるせえな、ほっとけ、と俺は頭の中だけで返事をした。

「——ま、いいけど。祐樹ね、お前は、ちょっと人とズレてんだから、気をつけなよ。路くんは繊細っていうか……普通の子なんだから」

「なんだそれ、どういう意味だよ」

兄貴が兄貴面して急に忠告してきたので、俺はムッとなって睨み返した。

「自分のこと棚にあげてんじゃねーぞ」

「俺はいいんだよ。自分がズレてる自覚あるもん。お前みたいにね、無自覚にズレてるやつが一番危ないの」

どこか小ばかにするように笑って、兄貴は「せいぜい、傷つけないようにね」とつけ足すと、台所を出ていった。

——人とズレてんだから。

……せいぜい、傷つけないように。

「クソ……」

気がつくと、俺は小さな声で呻いていた。兄貴は知らないはずなのに、なんだか見透かされているような気がした。

去年の九月、ほんの些細な怒りで——ほんのちょっとした、一瞬の激情で、俺が崎田を組み敷き、手ひどく強姦したことを。

もうとっくに、ずたずたに崎田を傷つけていることを、言いあてられた気がした。


「あ、森尾。お帰りなさい、って森尾の部屋だけど」

飲み物を持って部屋に入ると、崎田は俺のベッドにころんと横になっていた。

そのまま崎田が無邪気に笑い、俺は一瞬理性が吹き飛びそうになった。

——なんだってお前、俺が腕を摑むだけでびくつくのに、俺のベッドには平気で寝そべるんだよ。

妙なところが鈍い崎田が、わずかに憎らしかった。でもそれ以上に可愛くて、ぐっと胸がつまった。

崎田は手に、フェルト素材のバスケットボールを持っていた。俺が昔女からもらったものだ。

「前来たとき、森尾がベッドからあそこのリングに入れてたから、できるかなーと思ってやってたんだけど、入らないね」

崎田が寝そべったまま指差した先には、俺がガキのころ使っていた玩具(おもちゃ)のバスケットリングがある。ちょうど枕の上に設(しつら)えてあるので、俺は手持ちぶさたのとき、よくそのリングにフェルトのボールを投げ入れたりしている。崎田はきっとそのことを言っているのだろう。

「それで寝転がってたのか」

「え……あ、ごめん！」

俺の言葉に、崎田は慌てたように急いで起きあがった。丸い顔を真っ赤にして、ベッドを下りる。

「ひとさまのベッドなのに……俺、図々(ずうずう)しかったよな。ごめん」

——いや、全然いいんだけどな。むしろずっと寝ててくれてもいい。

と、俺は言いたかったが言わなかった。全然いいどころか、できることなら永遠に、俺のベッドにいてほしい。そう思ったことも、もちろん言えない。

黙っていると、崎田は小さく縮こまってしまった。両手を膝の上に乗せて、正座する。なんだか怯えているようなその姿に、俺は胸が痛んだ。

——なにを怖がってるんだよ。

そう訊きたかったが、もっと崎田を怖がらせそうで言えない。染めていない髪の下の、小さな頭の中で、崎田は一体どんなことを考えているのだろう。こういうとき、俺はそれがちっとも分からなくて、困惑する。分かっているのは、崎田が俺を恐れているということ。俺が崎田を好きだと知ってもなお、やっぱり崎田にとって、俺はまだまだ「怖い男」なのだ。

その事実にちょっと落ち込みながら、俺は崎田に持ってきたココアを渡した。

「お前、こないだ来たとき好きだって言ってたから……またこれ淹れてみた」

俺が淹れたのは、よく大型スーパーに売っている、外国製のマシュマロ入りの安っぽいココアだった。男所帯なうえ甘党のいないわが家では不評で、以前兄貴の彼女が持ってきて以来余らせていたのだが、先日淹れたら崎田は喜んでいた。

「あ、これ甘くて美味しいんだよな。うちのお母さん、こういうのあんまり買ってこないから……。森尾覚えててくれたんだ」

崎田の顔が、とたんにぱあっと明るくなる。白い頬に赤みが差し、黒い瞳がきらきらと輝く。その姿が可愛くて、俺も嬉しくなって微笑んでいた。

こういうとき、兄貴みたいな性格なら歯の浮くようなセリフで「お前が喜んでくれて嬉しい」とでも言うのだろうか。残念ながら、俺にはその能力がない。そんなことが咄嗟に言える性格なら、崎田を怯えさせないですむのだろう。

けれど俺は、崎田がココアを飲んで、美味しいと笑ってくれるだけで一応満足だった。やっと戻ってきた笑顔に、ホッと安堵もする。

黒田や他の連中といるときに比べて、俺といるときの崎田は少し緊張気味で、笑みも減る。さすがの俺も、そのくらいは分かっている。

落ち込むが、仕方がないとも思っている。

崎田には去年岸辺たちから受けたトラウマが、まだ残っている。そして俺は、その岸辺たちと同じことをしたわけで、本来なら、こうして話すことさえ許されないはずだった。無視されて、嫌われても文句は言えないのだ。

それでもなぜか、崎田は俺を友だち扱いしてくれる。

そばにいられて、一緒に帰れて、誘えば家にも寄ってもらえる。

自惚れでなければ――崎田は俺の気持ちに応えてはくれなかったが、たぶん、俺のことを嫌いではないのだろう。友だちとしてなのかどうなのかはよく分からないが、たぶん少しは好かれている。そうでないなら、崎田が俺と一緒にいて、笑いかけてくれる理由が見あたらない。

「森尾、今日の授業で応用の問五、解けた？」

マグカップを置いた崎田が問題集を広げたので、俺たちの勉強が始まった。

俺はもっぱら予習復習の合間に崎田の勉強をみてやる。受験用の問題集は一人のときにやっているが、過去問を解いている感じでは、俺の学力は既に合格圏内で、あまり焦りはない。

「これ、引っかけ問題。あてはめる公式はこっち」

「あ、ほんとだ。答えが出た。森尾、さすが！」

手放しで誉められると、むずむずと口元が緩んだ。まあ、俺は崎田に誉められるためだけに、頑張ってるからな……と、口にはしないが思う。

昔はバスケットを続けるための勉強だったが、最近では崎田に頼られるための勉強だ。

俺はいつでも一歩だけ、崎田より先を歩いていたい。

残念ながら精神面では、崎田のほうがずっと前を歩いている。犯した男を許せるんだから、相当なものだ。

だからせめて、勉強くらいはと思ってしまう。男として……好きな人には、かっこよく思われたいのは仕方がない。

「じゃあこっちの応用も同じようにやったらいいんだ……」

けれど出来のいい崎田は、一つ教えるとあとは自分でやってしまう。俺はもう教えることもなくなって、一人で問題を解く崎田の横顔を、時々盗み見るだけになった。

「……あ、これ」

　ふとそのとき、崎田が小さく声をあげて、くすっと笑った。見ると、崎田は数Bの教科書を開いており、そこには一枚、大きめの付箋が貼ってあった。

『みっちゃん　貸してくれてありがと！　助かったわ。進んだとこの答え、書いといた。あ、正解見てから書いたから安心してな』

　それはどうやら、昼間教科書を貸していた佐藤からのメッセージらしかった。

「佐藤くんて、意外ときちんとしてるよな」

　付箋を見ながら、崎田が佐藤を誉めた。それだけのことで、俺はなんだか嫌な気持ちになり、胸の奥にモヤモヤとしたものが湧いてくるのを感じた。

「どこが。教科書忘れてる時点できちんとしてねーだろ」

「でもほら、教科書に直書きしないで、付箋なんて貼ってくれてるし。結構、気遣いのある人だよね」

　……そんなもの、俺だってそれくらいはやる。

　頭の中に、反駁が浮かぶが、口に出せない。

「俺……友だちからこういうのもらうの初めてかも……」

　嬉しそうに呟き、崎田はそっと付箋を指で撫でた。愛しそうな視線、優しい指の仕草。

　初めて。友だち。

　その言葉がショックで、俺は唖然とした。

俺も佐藤も、お前の中じゃ同じなのか——。

頭の奥で、なにかずっと我慢していたものが、プチンと切れたような気がした。

「……お前のそういうとこって、なんかちょっと、女っぽいよな……」

乾いた笑いが、口から漏れる。

崎田が顔をあげ、大きな眼をこぼれ落ちそうなほどめいっぱい見開く。

あ、言うなよ、俺。

と、俺は思った。ばかじゃないのか。ふざけんな。口にするな——。

けれど言葉は、こぼれていた。

「そんなだから、男に犯されるのかもな……」

崎田の瞳に、傷ついたような色が浮かぶ。俺の言葉に心を突き刺されて、崎田は顔を歪めていた。泣き出しそうに顎を震わせ、「……っ」と、声にならない声を発した。

さっきまで薔薇色だった頬が青ざめていく。小さな体が萎縮したように強ばり、震え、それから崎田はうつむくと「あ……」と、か細く声を出した。

「俺、か、帰る……」

震える声に、俺は頬を思いきり引っぱたかれたような衝撃を受けた。頭の中が、ひっくり返った。眼が覚めて、無我夢中で、俺は手を伸ばしていた。

立ちあがり帰ろうとしていた崎田の腕を摑んで、強引に引き留める。

「悪い、違う。今のは口が滑って」

慌てて言う頭の奥に、兄貴の声が聞こえてきた。

──お前は、ちょっと人とズレてんだから。

本当だ。俺はおかしい。頭が変だ。いくら嫉妬したからとはいえ、どうしてあんなひどい言葉を、崎田に投げつけてしまったのだろう。

「い、いいよ。いい、俺って、め、女々しいよな……それは知ってるから」

崎田が震えながら話している。うつむいている顔を見たくて、薄い肩を掴むと、無理矢理こちらへ向けた。

その瞬間、俺は完全におかしくなった。崎田の眼から、ぽろりと涙がこぼれ落ちていた。

後ろめたさでいっぱいになって、わけの分からない烈しい衝動を、ショックを、どうしていいか分からなくなって、頭の中がかっとなり、怒りと、やましさと、

──まずい。抑えろよ、やめろよ、先走るな。

そう思ったときにはもう、遅かった。気付いたら俺は、顔を寄せ、崎田の顎を持ち上げて、その可愛い唇に、キスをしていた。

「……も、森尾」

動揺した、崎田の声。びっくりして首を竦め、震えている。

かわいそうな崎田。俺なんかに傷つけられて──。

今だって、相当ひどいことをしていると分かりながら、俺は他にどうしていいか分からず、衝動に任せて崎田の細い体をかき抱いた。

「ごめん、崎田、ごめん……ごめんな」

今さら、なにを、どんなつもりで謝っているのか、自分でもよく分からない。

俺はおかしい。どうしてこんな残酷なことができるんだろう。

覗きこんだ崎田の瞳は動揺に揺れている。それが可愛くて、切ない。俺は夢中で、小さな体をベッドにひきずりこんだ。あわせた唇の間から、くちゅ、とやらしい音が漏れる。崎田は真っ赤な顔をして、けれど拒まずに俺の胸にしがみついてきた。

「んん……っ、も、森尾、な、なんで」

小さな体はまだ震えていたが、それは怯えからではなく、愉悦のためのものへ変わりはじめていた。なぜ崎田に、触れているんだと思う。俺は自分の口にしたひどい言葉を、暴言を吐いたという事実を、ごまかしているのだろうか。

ちらっとそう思った。だから崎田の怯えを、悦楽にすり替えようとしているのか。だとしたら救いようがないほど大ばかだと思いながら、俺の体は勝手に動いていて、崎田のシャツをめくっている。

「……森尾、あ……っ」

差し入れた手を動かし、胸を揉むと、崎田が切なげな声をあげた。

なるべく優しく訊くと、崎田が瞳を揺らして、俺を見つめてくる。

長い睫毛がふるふると揺れている。困った顔だ。

「俺が、怖い？　……崎田」

ひどい質問だった。崎田もそう思っているのだろう。

「……そんな訊き方、ずるいよ」

泣きそうな顔で、俺の胸に額を押しつけた。そうして、怖くない、とか細い声で言ってくれる。

俺はホッとした。腹の底から安堵した。

崎田が俺を許してくれ、俺が崎田に甘える。そうやって成り立っているこのぬるま湯のような関係が、まだ続くことへ。けれど俺は最初から、崎田が優しさのために、俺を許すと分かっていて、怖いかと訊いているのだ。

好きかとか、愛しているかとか訊けば、はっきり拒絶されるかもしれない。

だから怖いかと訊ねる。本当にずるいな、と思う。

思いながら、同じくらい俺のそのずるさを許してしまう崎田のことを、かわいそうに感じた。

「怖いか？」

——お前どうして、そんなに優しいんだ？

お前が俺に優しくするから、俺はつけあがるのに……。

俺は崎田の目尻に唇を寄せ、涙をすすった。シャツを剝ぎ、首筋を舐めると、崎田はびくびくと震えた。この小さな体がどこをどうすれば気持ちよくなってくれるか、俺はもう知っている。最後までしたのは強姦したときと、告白してふられたときの二度きりだが、挿入の手前までなら何度もしていた。

ただ気持ちよくしてやりたくて、そしてさっきまでの、俺のひどい言葉を忘れてほしくて、俺は崎田の感じるところを愛撫した。

ミルク色の肌の中、桃色に浮かぶ乳首へ息をふきかけると、そこはすぐにぷくんと膨れる。

「崎田の乳首、可愛いな……」

囁いて舐めると、崎田は「あっ」と声をあげた。

乳首を舌先で転がしながら、下肢へ手を伸ばす。崎田の中心は、制服のズボン越しにも分かるほど、もう張りつめている。ベルトをはずして、膝までズボンをずり下げる。

「も、森尾。待って……」

「大丈夫。気持ちよくするだけだ。お前どうせ、一人じゃヌいてもねーだろ。受験勉強してると溜まるよな……」

我ながら、勝手な言い分だ。

それでも崎田は、恥ずかしさに耐えるように、俺の肩口に顔を埋めた。その頭をいい子いい子と撫でながら、細い足を持ち上げて、下着を脱がせる。既にしっとりと湿った崎田のものを、俺はそっと掌に包み込んだ。自分のものより小さなそれが、一人前に勃って濡れているのが、なんだかいじらしくて、愛しい。

最初はゆっくりと、だんだん強くしごいていく。

「ん、んん……っ、あ……」

「崎田、いい？」

顔を真っ赤にし、目尻に涙を溜めた崎田は、壮絶な色気を放っている。こんな顔見せられたら、十代の男なんてすぐに落ちるな……と俺は思い、すると佐藤の付箋のことが頭をよぎり、またモヤモヤとした。

俺は今度は、崎田のものを口の中に含んでやった。じゅるじゅると音をたててしゃぶり、崎田の先端から出る蜜を吸い上げる。崎田は内腿(うちもも)を震わせ、腰を跳ねあげた。

「ああ……っ　あっ！　だめ！」

崎田が声をあげる。兄貴がいることを気にしてか、慌てて自分の口を押さえている。気持ちよくしてやるつもりが、やはりいじめている気分だった。

俺は空いた手で、崎田の後孔をそっとくすぐった。とたんに、崎田がびくんと腰を揺らす。

ここは使わないけれど、これくらいはいいだろう。

もう一度、中指を押しあててぐりぐりと表面を揉むと、崎田のそこはひくひくっと扇情的に動いた。見ているだけで、俺のものはかなり硬くなっていた。

崎田の出した精と、俺の唾液が混ざりあい、とろとろと後孔に流れてくる。俺はそれを擦り込んで、一本だけ指を入れた。中をぐちゅぐちゅと掻き混ぜながら、崎田のものをしゃぶると、崎田はよほど気持ちいいのか、喘ぎっぱなしになっている。

「あ、あ、あっ、あん、あ、森尾」

崎田は顔を両手で覆い、真っ赤になっていて可愛かった。中にある、崎田のいいところを強く押す。俺の口の中で、崎田のものがびくびくと動いた。

「や、やだっ、そこ……や、あ、あ、あ……っ」

「崎田、可愛い」

俺が言うと、崎田の後ろが、きゅうと締まった。

「もうイくか？」

うんうん、と崎田が頷いた。俺は焦らしたりしない。そんなかわいそうなことはできない。焦らしたらすごく可愛いのだろうし、してみたい。本当は俺のものでイカせたいけれどしない。

俺にはそれは、さすがに許されていないと思う。じゃあこんな前戯めいたことも、同じく許されていないはずだろうけれど、これはまだ、崎田のトラウマ克服のリハビリになるかもしれない——という、ものすごく俺に都合のよい、とってつけた建前がある。

セックスは痛いだけじゃない。

図体(ずうたい)の大きな男でも、優しく抱けるのだという証明を、崎田にしている。

そんな、本当に図々しい屁理屈(へりくつ)が言える。しかしあながち、この屁理屈は悪くないから、だから崎田も、俺を許してくれるのかもしれない。

いや、たぶん俺にこんなことをされても抵抗をしない最大の理由は——理由は、なんだろう？　俺には本当のところ、それがまったく分からないままだった。

俺は崎田の性器に手をかけ、くびれのところに軽く歯をあてて先端を頬張った。そのまま一気にしごく。鈴口には舌をあて、中に入れた指で、前立腺をぬるぬると擦る。

「んっ、んんっ、あ……！」

びくん、と大きく背をしならせ、崎田は果てた。可愛らしい性器から飛び出してきた精液は、残さず飲み込んだ。

果てたあと、ベッドに伸びてぐったりしている崎田を抱き寄せると、俺は額と唇に、淡く口付けた。

「気持ちよかったか？」

崎田は俺の体に体重をかけて、こくん、と頷いた。

その頬には血の気が戻り、恥ずかしげだが、嫌そうではない。

ああ、せいせいした。

頭の中で、そんな声がしている。佐藤の付箋のことが、ようやくどうでもよくなった。お前は崎田に初めて手紙まがいのものをやったかもしれないが、こいつのこんな顔は知らないだろう。崎田をセックスで――セックスに似たようなもので、気持ちよくしてやれるのは、あとにも先にも俺だけだ。

そのくだらない、ばかげた自尊心で、俺はなぜだか安堵している。こんなことをしてもまだ、俺の腕の中、俺のすぐそばに崎田がいてくれることにも。

「……森尾のは、いいの?」

おずおずというように、崎田が訊いてくる。視線をたどると、ズボンの上からでもくっきり分かるくらい硬くなった俺の性器があった。張りつめたそれが、さっきから崎田の腿にあたっているのだ。

「俺はいい」

「でも」

「いい。お前は気にするな」

「でもいつも俺だけ」

「いいんだよ」

俺は言葉を遮って、崎田の唇に自分のそれを重ねた。

さっきまで崎田のものを舐めていた舌で、小さな口の中をそっとまさぐる。舌を絡め、ぴったりと寄り添っていると、まるで恋人同士のような気分になる。

俺がお前を好きなように、お前も俺を好きなら……いいのに。

ふと、そんな気持ちが頭をよぎり、胸が苦しくなった。唇を離すと、半分とろけた、焦点の定まらない視線で俺を見上げていた崎田が、ぼんやりと呟いた。

「森尾って、本当に、セックス、好きなんだね」

なんのことだろう。俺は固まった。

「俺とまでしちゃうくらいだから……他の人とは最後までするんだろ？　ごめんな、相手が俺で……」

「……」

——は？

思わず、俺は飛び起きて、崎田を見下ろしていた。呆然とした。愕然(がくぜん)とした。ショックを受けていた。一瞬、なにを言われたか理解できなかった。

他の人とは最後までする？

なんの話だ。けれど言葉が出るより先に、崎田が苦笑して、服を着はじめた。

「受験勉強って溜まるんだな。……俺そういうの疎いから、気付けなくてごめん」

……いや、違う。さっき言ったことなら、そういう意味じゃない。けれど崎田は服をきちんと着終えると、さっきまで俺の腕の中で喘いでいたなんて思えないくらい、清潔そうな笑みを浮かべ、

「森尾がいろんな人としてるの、知ってるし……。なのに俺の相手までさせて、ごめん」

森尾がいろんな人としてるの知ってるし？

俺は言葉もなく、ぽかんとなって崎田を見つめた。一体、俺は今、なにを言われているのだろう。

「今日溜まってたんなら……他の人、誘えばよかったのに。ちゃんと最後まで、抱ける人……」

崎田は少し眼を伏せ、どうしてだかどこか傷ついたように、小さく言った。

「俺はそれで、構わなかったのに」

これは爆弾だ。あるいは、神が俺に下した罰か。俺は心臓を、太い楔(くさび)で貫かれたような気がした。


それから以後の記憶は曖昧だ。

つまり崎田は、俺のことを、

「誰とでもセックスをしている」

と思っていて、

「別に他の人としてても、どうでもいい」

と思っている。そういうことだ。そして俺が崎田に手を出すのは、

「たまたま溜まっているときに、家にいたから」

だとも、思われている——。

「……嘘だろ。一番の最悪なパターンだろ、これ」

呟いた俺に、

「お前はほんとばかだな」

黒田が唾棄するように言った。

放課後の、体育館裏でしゃがみ込み、俺は頭を抱えていた。

昨日、家であった崎田とのあれこれ、崎田の俺へのとんでもない誤解を、俺は黒田に相談しているところだった。

体育館の中からは、ボールのバウンドする音やかけ声が響いてくる。眼にしみるような濃い橙色の夕焼けに、校舎のシルエットが黒々と浮かんでいた。

黒田は俺が以前、崎田になにをしたか、知っている。

それは崎田にフラれてすぐのころ、俺がすべて懺悔したからだった。

実は崎田を強姦したことがある。そしてこの前も抱いた。抱いて好きだと言ったが、崎田にはふられたと――。

案の定、黒田は烈火のごとく怒り狂った。俺は思いきり殴られて、翌日は頬を腫らして学校へ行き、崎田はそれを見てなにがあったのとずいぶん心配してくれた。

けれど俺は、黒田の怒りは当然だと思ったし、むしろそうしてほしかったので、それでよかった。今も俺は、時々崎田への片想いに行き詰まると黒田に話すが、黒田はけっして、俺のことを応援してはくれない。話は聞いてくれるが、基本的に崎田の味方だ。

でも、だからこそ俺には黒田の存在がありがたかった。崎田は俺が、なにかひどいことをしてもたぶん絶対に、きっと責めないのだ。思うに、崎田の性格上、責められないのだと思う。

それは崎田が俺をまだ恐れているからか、それとも、友人というものに飢えていて、俺を責めることで友だちを失うことが怖いのか、もともと優しいほうだからか、あるいはセックスまがいのことについては、崎田も気持ちがいいから流されてしまうからなのか、それは分からない。

そこへいくと黒田は俺をくそみそに貶（けな）してくれるので、俺は一応、それで気持ちが救われるのだった。もっともそんなものは、ただ俺が楽になりたいだけのエゴでしかない。

「――崎田、昨日のことでなにか悩んでなかったか？」

崎田は俺には言わないことでも、黒田には相談するので訊いてみた。

もしも俺がただの性欲処理に、崎田を使ったなんて本気で思っているなら……崎田は内心、傷ついているのでは？

けれど、

「もし相談されててもお前には言わない」

俺の横に立ったまま、スポーツドリンクを飲みながら、黒田はあっさり俺を切り捨てた。

「……性欲処理してるだけと思われてるなら、問題だろ」

「そもそも付き合ってもないのに手を出してることが問題なんだろ？　なんで手ぇ出すんだよ。こらえろよ、この下半身ばか」

罵倒され、返す言葉もなかった。うなだれていると、黒田はため息をついた。

「ほんとお前変わったよな。昔は誰を傷つけてようが気にしない、他人のことなんかお構いなし。ここまで一人の人間のことで悩んだりしなかったのに。正直言って、使える頭あったのかって感心してるよ」

「……うるせーな」

ムッとしたが、黒田の言うことはあたっていた。大体俺は、あまり複雑に物事を考えるタイプではない。

好きなものは好きだし、嫌いなものは嫌い。やりたいと思えばやるし、やりたくないと思ったらしない。計算も感情も理屈もあまり切り離されてなくて、感覚的に動いているが、はたから見ると冷静に見えるらしい。

俺自身は、俺の考えなどあまりよく分かっていないし、興味もない。他人が俺のことをどう思っているかも、正直どうでもよかった。

それが崎田に関してだけは、真逆だ。

好きだが、やりたいようにはやれない。なにをするにも躊躇する。それでいて、時折勝手に体が動いて、理性を無視する。ダメだと分かりながら、触れてしまう。

「……俺って、ずれてるか？」

気がつくと、兄貴に言われた言葉を口にしていた。

黒田は黙って俺を見やり、それから「そーだな」と肩を竦めた。

「ちょっと、ずれてるかもな。お前、百かゼロだろ。その百が、崎田にいってる。そんな感じに見える」

普通の人間は、そんな極端じゃねえよ、と黒田は俺の隣にしゃがみ込んだ。

「まあ失恋して、心の機微を学べば？」

……慰められてるんだか、貶されてるんだか、よく分からない言葉だ。

体育館からホイッスルの音がし、黒田がもう戻る、と言ったので、俺も立ちあがった。

ちょうどゴミ当番の崎田が、教室に戻ってくるころだろう。昨日の今日で性懲りもないが、俺は一緒に帰るつもりだった。

黒田と別れて歩きだしたら、すぐに黒田が「森尾」と声をかけてきた。

振り向くと、黒田は体育館の裏口に立って俺を見ていた。

「とりあえず一つだけ。お前、せめてその誤解はちゃんと解いたほうがいいぞ」

「その誤解？」

「他の相手も抱いてるってやつだよ。大勢の中の一人だってのは解いとかないと、崎田がかわいそうだろ」

ああそうか。たしかに。

気がついてから、ふと思う。

そんなことさえ、言われないと気付けない俺は――もしかしたら本当に、人とずれているのかもな……と。


――崎田、俺が抱いているのも、抱きたいのも、お前だけなんだ……。

口の中で練習したが、こんな言葉、どうやって言うのだろうと思った。恥ずかしいうえに、くどくどと長ったらしく感じる。

それにしても、崎田はどうして俺が、崎田を性欲処理に使っている……なんて思うのだろう。俺は崎田に一度、告白しているのだ。以前、崎田の家に訪れたとき、つい抱いてしまった直後のことだった。

ちゃんと好きだと伝えたのだから、普通は恋心が理由で、手を出していると考えるものじゃないのか?

ぼんやり考えながら、教室に戻る途中、俺は差しかかった中庭で立ち止まった。

外廊下の向こうに、崎田が見えたのだ。手に空のゴミ箱を持って、立ち止まっている。

終わったなら帰ろう、と声をかけるつもりで近づいて、俺はぎくりとした。

崎田の前には背の高い男が一人立っていて、なにやら二人、深刻な顔で話し合っていた。

ただならない、緊張した雰囲気には覚えがあった。間違いなく、告白のシーンだ。

急に心臓がドキドキとしてきて、俺は息をつめると、気付かれないようにもう数歩、近づいた。

男の顔は知っていた。それはバスケ部の一年生で、たしか名前は臼井弘樹(うすいひろき)。

ガタイがよく、使えるヤツなので、すぐにスタメン入りしていた。俺は夏前に引退したからあまり関わりがなかったが、紅白試合なんかになると、妙にガンガンとあたってくるタイプで、黒田も、

「強気なのはいいんだけど、負けん気がありすぎて、扱いにくくてなあ」

と、こぼしていた気がする。

興味がないので知らなかったが、こうして見ると、顔も結構整っている。

あいつ、崎田に気があったのか――？

今さら知った事実に、俺は腹の奥から、嫉妬が湧いてくるのを感じた。

臼井は真面目な顔をして、崎田を見下ろしている。対する崎田は困ったように顔を赤くして、一生懸命なにか伝えているようだった。

崎田がもしも、臼井を受け入れたらどうしよう。俺は緊張と恐怖で、息ができなくなっていた。

「気持ちは本当に嬉しいんだけど……」

だから、崎田の断る声が聞こえてきたときには、心底安堵した。よかった。雰囲気でなんとなく察していたが、やっぱり断っている。もしも崎田が受け入れていたら、俺は衝動で、臼井を殴っていたかもしれなかった。

ところが臼井はすぐには諦めず、食い下がっているようだった。

「俺と付き合ったら、先輩、絶対後悔しません。きっと俺のこと好きになると思います。それでも、駄目ですか？」

その言葉に、俺は愕然とした。なんでそんなに自信満々に、後悔しないなんて言える？ぬけぬけとした臼井に無性に腹がたったが、同時に、俺はなにか強いショックを受けてもいた。一方崎田はというと、ますます赤くなって困っている。

「……臼井くんはほんとにいい人だと思うけど、そういう問題じゃないんだよ」

小さな声で断る崎田の顔をじっと見つめながら、臼井はまるで動揺した様子もなく、

「先輩、好きな人いるんですね」

と、決めつけた。

臼井の言葉に、崎田は赤い顔をさらに赤くさせ、小さく、頷いた。「うん」という声も聞こえた。たしかに、崎田は好きな人がいる、と言った。

――嘘だろ。

俺はぽかんと口を開け、ばかみたいにその場に突っ立っていた。

「あっ、でも、完全に片想いなんだ。嫌いだって言われたし！」

顔をあげた崎田が、慌てて弁解している。

嫌い？

俺の思考はその言葉を拾いあげ、反応した。信じられない。崎田を嫌いだなんて、どこのどいつだ。俺なら絶対に崎田を嫌ったりしない。

そうしてそのとたんに、ずっしりと、胸に重たい事実が迫ってきた。

――崎田には、好きな相手がいて、それは俺じゃない。

「嫌いだって言われても、好きなんですか？」

もっともな疑問を、臼井はごく冷静に訊いていた。そうだ、なぜ嫌いなんて言う相手を、

好きなのか。諦めてしまえばいい、と身勝手なことを思ったとき、崎田は優しく微笑んだ。片想いにはとても見えない、幸せそうな顔だった。

「……でも、すごく、俺に優しくしてくれるんだ。今も」

稲妻のような衝撃に、俺の心臓は貫かれていた。頭から血の気がひいていく。俺は後ずさり、息をつめて崎田と臼井の姿が見えないところまで戻った。

そうするともう耐えられなくて、全速力で教室まで走っていた。

誰もいない放課後の教室に駆けこむ。窓ガラスに勢いよく手をつき、額を乱暴に打ちつける。ガラスが大きく震えて、ゴン！　と激しく音をたてた。その音がおさまったあとで、耳についたのは荒れた自分の呼気だけだった。

「……いてぇ」

打ちつけた額が痛いのか、全速力で走ったために、強く脈打つ心臓が痛いのか、心そのものが痛いのか——。

たぶん、人よりずれていて、あまり情緒の育っていないらしい、ばかな俺にはよく分からなかった。ただただ、全身が、バキバキと悲鳴をあげて痛み、今にも折れて壊れてしまいそうな気がした。

崎田に好きな相手がいる。たったそれだけのことで。

——……ああ。

殺したい。誰だ、そいつは。

呪えば殺せるというのなら、俺は今この瞬間にでも、相手を殺していただろう。

羨ましい、妬ましい、憎らしい。

俺の人生、すべてを投げ捨ててもいい。そいつになりたいとさえ思った。

やり場のない怒りが、胸の中で渦を巻く。どうして俺はそいつじゃないのか。

……どうして俺は、崎田にあんなことをしてしまったのか。

どうして俺は崎田を、レイプしたのか――。

頭の中に、なにかジリジリと反響するような音が聞こえている。セミの声だ。

去年の九月の、まだ暑い日だった。

夏休みが明けたばかりの、油照り（あぶらで）の陽射しが残る教室で、俺は崎田の細い体を組み敷き、物のように扱って、手ひどく抱いた。涙と恐怖で濡れていた崎田の顔が、悪夢のように脳裏をかすめる。

――やめて。森尾……やめて。

苦しげな嗚咽（おえつ）。痛い、痛い、痛い、と言って崎田は泣いていた。後ろは裂けて血が出ていたのに、俺はやめなかった。俺はどうでもよかった。

どうでもよかったのだ――。

崎田が傷つこうが、苦しもうが、悲しもうがどうでもよかった。どれだけ痛めつけても

平気だった。大したことだと思えなかった。もし翌日崎田が自殺していても――俺は自分を悪いと思えただろうか？

思えなかった気がする。ああ、あいつ、死んだのか。そう思うだけだった気がする。

勝手に突っ込んで、勝手に出して、俺はあいつから抜くと、教室に転がっていたトイレットペーパーを投げつけた。

そのへん拭いとけと言って、後始末もしてやらなかった。

あいつは吐き出された精と血の中で、ぼんやりと寝そべっていた。大きな瞳はうつろで、頬は涙でぐちゃぐちゃだった。

――俺は暴力を振るい、崎田をずたぼろに傷つけて、そうしてそれを、なんとも思っていなかった……。そのことを、今でもいやというほど覚えている。

ああそうか、と思う。臼井の告白に感じたショックの正体が、はっきりと分かった。

――後悔させないから付き合ってくれなんて、崎田はきっと俺を好きになるなんて、俺には死んでも言えないからだ。

そんな資格はもうない。もう二度と、俺は普通に告白して、普通に崎田に好きになってもらうなんてことは、許されない……。

体中の痛みが、すうっと冷えて退いていく。俺には嫉妬する権利さえなかった。もしも崎田がいつか、好きな誰かと結ばれたら。

俺はそれを祝い、喜ばねばならない――。

「あれ、森尾、もう戻ってたの?」

その声にハッとなって振り返ると、崎田が、ゴミ箱を抱えて教室に入ってくるところだった。

「黒田のとこ行ってたんだろ? 話終わったの? 待たせてた? ごめんな」

自分は臼井に告白されていたのに、そんな素振りは少しも見せずに、崎田が俺を気遣っている。

「いや」

俺は歯切れ悪く言い、崎田のカバンを机の上からとって、渡してやる。

「ありがと」

にっこり笑われると、不意に胃の奥から、熱いものが迫りあがってきた。

今ここで、崎田を抱きしめて、そうしてもう一度だけ、好きだと言いたい。

俺も好きだ。好きなんだ。お願いだから、なんでもするから、俺を好きになってくれ――。

けれど俺は、それをぐっと抑えこんだ。

想い人がいるのにそんなことを言われたら、崎田だって困るだろう。

「ねぇ森尾、来月の模試、申し込む?」

「考え中。お前は？」

「俺も考え中」

森尾と一緒の日に受けても、いい？

遠慮がちに、少し恥ずかしげに訊いてくる崎田に、俺は微笑んでいた。なんでお前、俺なんかにそんな、期待を持たせるんだよ。そう思ったけれど、言えなかった。

他愛（たあい）ない話をしながら帰路につくと、空はもう真っ赤に染まり、街は黒い影になっている。

神様、多くは望まないから。

せめてあと少し、二人で帰る日常や、平穏な毎日が続いてほしい。

せめてもうしばらく、一緒にいたい。いつか崎田が他の誰かを選ぶかもしれない。その日までに、俺はもう少し大人になるから。それまではどうか。

——俺にください。崎田に償う、そんな時間を。

俺は生まれて初めて、いるかいないかも分からない神に祈りながら、ぼんやりとした憂うつに、深く沈んでいたのだった。

あの子にあげたい

好きな人がいる。森尾祐樹。

無口で無愛想だけれど、努力家で実は優しくて、友だち思いの人。

小さなころから、ずっと憧れていた人だった。


「路、電話よー」

その晩お母さんの声がして、部屋から階下へ降りた俺は、困ってしまった。

受話器を渡されてから、「臼井くんて子」と言われたせいだ。名前を聞いたとたんに、緊張して、胸が震えた。正直、先に誰からかかってきたか、言ってくれたらよかったのにと思う。

――そうしたら、いないって言ってもらったのに……と。

とはいえ、お母さんを恨んでも仕方ない。電話に出ると、受話器の向こうから一年生とは思えないほど低く、男っぽい臼井の声が聞こえてきた。

『明日、一緒に帰れませんか？　部活休みなんす』

挨拶のあと、臼井はかわしようもない直球を投げてくる。

俺は胃の底がじりっと焦れるような後ろめたさを味わいながら、もごもごと断った。

「ご、ごめん。ちょっとそういうわけには……」

『どうしてですか？　べつに、なにもしませんけど』

「その、いつも一緒に帰ってる人いるし」

電話の向こうで、相手が一瞬顔を歪めたのが分かるだけの間があった。

『……森尾先輩ですか？』

「……うん、ごめん」

俺は臼井に、一週間ほど前、告白されていた。

彼はバスケ部の一年生で、俺が一時期マネージャーをやっていたときに知り合った。

俺なんかのどこがいいのか全然分からないけれど、好きな人がいるからと断ったあとも、こうして電話をかけてきたり、校内で話しかけてきたりと、臼井はむしろ告白前より俺に近づいてくる。

けれどそれはとても困るのだ。俺には好きな人が——片想いだけれど、いるので。

俺の好きな人は森尾だ。

俺たちは、たぶん、一応友だちなのだと思う。

毎日一緒に帰ったり勉強したりするし、時々……ほんとに時々だけれど、手を繋いだり、キスをしたり……それ以上のことをすることもある。

でも、付き合っているわけじゃない。

俺はずいぶん前に、森尾に嫌いだと言われているし、好みじゃないとフラれている。

けれど俺が森尾を好きだから、森尾は俺に責任と同情を感じていて、ときたま俺の相手をしてくれているようだった。

だからか、森尾は俺の体を触ることはあるけれど、最後までしたのは二度きりだった。同情や憐憫はあっても、愛情はない。そうと知っていても、俺はそれで十分満足していた。

淋しいときもあるけれど、森尾は基本的にすごく優しくて、いつも俺を優先してくれる。少し前なら望んだって手に入れられなかった「友だち」の位置に、本心は分からないけれど、俺を置いてくれている。きっと他にもよりどりみどりなのに、俺とキスをしてくれる。

けれどそれでも、これは叶わない恋なのだ。

その状況を知ってか知らずか、臼井は「俺のほうがいいと思います」と、ちっとも諦めてくれない。俺はとても、とてもとても、困っていた。

正直な話、俺は臼井が苦手だ。悪い人とは思わないし、無口で無愛想なのは森尾と同じだから苦手の理由にはならないし、見た目もかっこいいと思うけれど、俺は本能的な部分で、臼井が怖い。

俺は昔、何度か男に犯されたことがある。

みんな俺より大きくて、男っぽくて、低い声だった。男子校の中では小柄で細い俺は、どうしても女代わりのような扱いをされる。犯されたとき、抵抗してもひ弱すぎて嗤われたせいか、体が大きくて力の強い男は、黒田と森尾以外、俺には今でも恐怖の対象だった。それはもう条件反射のようなもので、臼井と話していると、俺はコントロールできない恐怖心で、息が苦しくなってしまう。

ごめん、と何度目か断ったとき、電話口から、はぁ、とため息が聞こえてきた。二年も年下の男なのに、俺はそんなことにさえビクっとした。

『森尾先輩のどこがいいんですか』

臼井は心底疑問だというように、言う。

俺が好きなのは森尾だと、臼井には気付かれている。なんとなく、そう思う。

『……あの人、いい噂ないですよ。今はまだマシだけど昔はすげぇ遊んでて、うちの高校の男も、それなりに食ったとかって。崎田先輩が一緒にいる理由が、分からないです』

「……その噂は、知ってるけど」

俺はもごもご答えた。

臼井が言っているのは本当で、森尾にはあまりいい噂がない。

たしかに、昔の森尾は来る者拒まずだったとは、黒田からも聞いた。でも、今は違うとも聞いている。

「でも、普段は優しいよ。それに、今はそんなに、遊んでなさそうだけど……」

本当のところ、森尾に昔のように、体だけの相手がいるかどうかはよく知らない。たまに俺に手を出すくらいだから、いるのだろうなとは思う。けれど森尾が誰を抱いていたとしても、俺にはそれを咎める権利がない。

『崎田先輩、騙されてませんか？　あの人に相手いないわけないじゃないですか』

ずけずけと言う臼井が怖くなり、俺は、「ごめん、もう、切っていい？」と切りだした。森尾の悪口を聞くのが嫌だった。臼井はダメだとは言わなかったが、

『明日、放課後迎えに行きますから』

と、強引に言い残してから、電話を切った。

受話器を置いたとたんに、胸がじわじわと痛くなる。

自分でも情けないけれど、臼井の言葉に、まともに傷ついている自分がいた。

森尾に相手がいないわけない。そんなの俺だって、分かってる。俺が鈍感だから気付いてないだけで、森尾には他に、誰か抱いている人がいるのかもしれない――。俺とは違って、森尾の好みに合うような人が。

想像しただけで悲しくなり、鼻の奥がツンと酸っぱくなってしまった。

ため息を漏らすと、今日も一緒に帰ってきた森尾の横顔が、瞼の裏に浮かんだ。

森尾の優しさは分かりづらい。

ことさら伝えようとはしない。でも俺が知らないうちに、とても自然に、俺が楽なよう

に、息がしやすいようにしてくれる。それが森尾の優しさだった。

たとえば、クラスの体育で球技の紅白戦があったりすると、人より体力のない俺が「きついな」と思いはじめるころ、ちょうどそばに森尾が立っていて、飛んでくるボールを拾ってくれたりする。それも、俺が本当にきついと思うまでは助けない。べつに俺に声をかけるわけでもなく、当たり前のように、一番いいタイミングでそのポジションにいるから、周りも全然不審に思わない。

だから訊かなければ、森尾が俺を気遣ってそうしているのか、たまたまなのか分からない。もちろん訊いたことはないから、これは俺の思い上がりかもしれない。けれどいつも、いつでも、どんなときでもそうなのだ。ここ一年近く、ずっとそうだった。

教室が寒くて体が冷えてくると、森尾が窓を閉めてくれている。疲れたなとため息をつくと、もう眼の前に、甘いものが差しだされていたり。いつも並んで歩くとき、森尾は足幅を俺に合わせてくれるから、俺は一度も早足にならない。黒田と一緒だと、どうしても置いていかれそうになるのに。

たまたまだと言われればそうとしか思えない、些細なこと。けれどそれだけで、俺はとても嬉しくて、他のことなんてどうでもよくなってしまう。

森尾が、俺に優しくしてくれる。俺を覚えてて、俺を認めて、俺と話して、俺のことを考えて……名前を呼んでくれる。少し前なら、想像もできない幸福だった。

――崎田先輩、騙されてませんか？

臼井の一言を思い出すと、ぎゅっと絞られたように胸が痛んだ。だとしても、どちらにしろ、卒業までのあとちょっとのことだろう。大学に進んでもまだ、今みたいに親しくしていられるとは、俺は思っていない。

それならあと数ヶ月だけでも、幸せな夢が続いてほしい……。

そうみっともなく願うくらいに、俺は森尾が好きで好きで、仕方がなかった。


「崎田、どうかしたか？」

翌日中庭で、黒田と森尾と三人で昼ご飯を食べていたときだった。

右隣に座っていた森尾がふと訊いてきた。ぼんやりしていた俺は、思わず箸を落っことしそうになった。

「ん？　崎田、なにかあったのか？」

左隣からは、ほとんど食べてない。黒田が顔を覗きこんでくる。

「お前、ほとんど食べてない。心配事でもあるのか？」

――すごいな。森尾って……。

内心、気まずさもあったけれど、同じくらい感動してしまった。

森尾は本当に目敏くて、俺の食欲が少しでもないと、すぐに見抜いてしまう。そんなの崎田にだけだよ、と黒田は前に笑っていたが、本当だろうか。じっと俺を見ている森尾の視線に、慌てて出汁巻き玉子を口にした。

「最後の進路調査票、まだ出してないから。どうしようか考えこんでただけ」

だから大丈夫、と、俺は森尾と黒田に弁明した。

本当は臼井が今日「迎えに来る」と言っていたので、どうしようと悩んでいたけれど、俺は臼井とのことは、二人に話していなかった。

臼井は森尾と黒田にとっては、バスケ部の大事な後輩だ。特に黒田は今もバスケ部に残っているので、言いつけるみたいでとても言えなかった。

「進路調査かあ。そういやお前は出したの、森尾。お前変なとこでうろうろ悩むから、まだ迷ってるんだろ」

「お前こそ、折角決まった指定校推薦、フイにするなよ」

二人の話題が俺から逸れたので、ホッと息をつく。

「崎田は教育学部か？」

「あ、うん」

黒田に訊かれ、俺は小さく頷いた。

進路についてはまだ悩んでいるけれど、とりあえずは、教育学部を志望していた。将来については、いずれ福祉の道で、自分と同じような境遇の人の、力になれたら嬉しい。今のところ希望というとそれくらいだけれど、自分にはわりと似合う道のような気もしている。

「……森尾は、建築学科だよね？」

「ああ」

俺の問いに、森尾は言葉少なに頷いた。森尾の家族は、そろって建築関係の仕事をしている。森尾の家自体が洗練されたデザイン性の高い家で、お父さんが建てたのだそうだ。

お父さんが一級建築士、一番上のお兄さんが会社の経営にあたり、二番目のお兄さんも設計士で、叔父さんはアメリカの工科大学で建築学を教えているらしい。お母さんは、森尾が小さなころに亡くなったと聞いた。俺は知らなかったので驚いたけれど、森尾はあまり気にしていなかった。

建築一家で育った森尾も、子どものころからずっと建築が好きだったそうだ。森尾の部屋には、デザインや造形関係の本がずらっと並んでいる。それは親しくなるまで知らなかった、森尾の新たな一面だった。

俺が志望するつもりの大学に、建築科はない。黒田が行く大学にも建築科はないから、来年は三人ともばらばらになる。

考えるだけでも、それはすごく淋しかった。

二人は俺にとって、ほとんど初めてできた友だちだ。大学へ行っても、友だちでいてくれるかもしれないが、今のように毎日一緒というわけにはいかなくなるだろう。

「あ、俺、そういえば部室に行かなきゃならなかったわ。先行くな」

そのときふと、黒田が思い出したように立ちあがり、ばたばたと駆けていった。二人きりになると、森尾はパックの緑茶をすすってから、「なあ」と声をかけてきた。

「心配ってほんとに進路のことか?」

ぎくっとする。森尾は、変なところで本当に鋭い。黒田みたいに、口に出したことだけを真実として受けとめてくれる性格ではないのだ。

「う、うん。だっていい加減、第一志望は決めないと」

「ふぅん……」

「も、森尾もまだ提出してないんでしょ? お兄さん国立だろ。森尾ももう、そこに決めたの?」

そこは日本で一番頭のいい大学だったが、森尾は模試でも過去問でも、再三A判定を出しているから、まず合格は間違いなかった。

「一応受けるけどな。でも、べつに官僚になるわけじゃなし。つきたい教授がいるところに行くほうがメリットあるだろ。建築なんて、結局技術だし」

「誰かつきたい人が、他の大学にいるの?」

森尾は緑茶のパックをもてあそび、日本には今のところいない、とぼやいた。

「現場に出てる人ならいるんだけどな。もしアラン・クラトンが日本にいたら師事したかったかな」

「あ、森尾が写真集持ってる人だね」

森尾の部屋に、アラン・クラトンという建築家の建造物写真集があるのを、俺は見せてもらったことがあった。森尾はその人のファンなのだそうだ。

「ま、無理な話だから、いつか建築家になったら自力で会いに行くけど」

壮大な話だ。けれど森尾なら、簡単にやってしまいそうだな、と思った。

そこで話を切り上げた森尾が、ぽん、と俺の頭を撫でた。

「なに悩んでるか知らないけど、俺に言えないなら黒田とかに、相談しろよ？　お前、一人で溜めこむ癖あるから」

優しい声だった。覗きこんでくる瞳の奥に、俺を気遣う温かいものが見える。胸の奥が、じんと痺れたように熱くなる。

思わずうつむいた俺の頭を、森尾はくしゃくしゃっと撫で回した。きっと俺は今、みっともない顔をしているのだろう。

森尾の指先から伝わる優しさが、嬉しくて、そして辛くて。どうして、と思ってしまう。

どうしてこの人は、俺のことを好きじゃないのだろうと。

こんなに優しくしてくれるのに、こんなに、俺を好きなように見えるのに。

なのにどうしてこの人は、俺を好きじゃないんだろう……?

好きになってほしい。俺が森尾を好きなのと同じくらい、森尾が俺を好きになってくれたら。

そんな欲張りな気持ちが心の中に湧いてくる。

とっくに諦めていたはずなのに、自分の欲深さに呆れてしまう。

「……ありがと」

そう言う声が震えないように、細心の注意が必要だった。

高くのぼった太陽の光が、白い校舎に反射して眩しい。

俺はいつか、森尾のことを諦められる日が、本当にくるのだろうか?

幼い恋だったと振り返って、どうしてあんなに好きだったのか、今ではもう分からないと笑えるような未来が……本当に、いつか訪れるのだろうか?

そんな日がくるなんて、今はとても思えないくらい、胸の中いっぱいに、痛いほどに森尾への「好き」が溢れかえっていて、俺はそれをこぼしてしまわないよう、ぎゅっと奥歯を嚙みしめていた。

放課後、臼井がいつ来るかいつ来るかと思って怯えていた俺だけれど、ホームルームが終わって、教室から皆がいなくなり、俺と森尾が掃除を始めても、臼井は来なかった。

「これ、今日は俺が捨ててくるから、お前帰り支度しとけ」

森尾がゴミ箱を持ち上げる。

教室には西日が低く差しこんできて、机の影が濃く長く伸び、床にまだらを作っていた。

森尾がいなくなったあと、俺は箒(ほうき)を束ねて戻したり、洗った雑巾を干したりした。

（そろそろ夏期講習も、申し込まないと……）

できれば森尾と、同じところに行きたいな。

カバンをまとめて、座って森尾を待つこと五分。そろそろ戻ってくるかなと思ったら、教室の扉が開いた。でも立っていたのは、森尾じゃなくて臼井だった。

内心驚き、俺の心臓は一気に早鐘を打ちはじめた。

慌てて椅子から立ちあがる。臼井はジャージ姿で、肩にはスポーツバッグを下げていた。

たぶん、部活の練習が終わってからここに直行したのだろう。

「やっぱりまだいた。帰りましょうか、先輩」

強引な態度に怖くなりながら、俺は首を横に振った。

「ご、ごめん。森尾待ってるから。あ、なんなら三人で帰る？」

そうだ、それなら大丈夫かもしれないと、俺は思った。

けれど臼井はそう聞くと、あからさまに嫌そうに、顔をしかめた。

「俺は先輩と二人がいいんです」

「……でもそれは、昨日断ったよね？」

いやだな。鼓動がもっと大きくなってきた。

放課後の教室で、男と二人で対面というシチュエーションには、いい思い出がない。

脳裏にふっとよぎったのは、去年までのクラスメイト、大村（おおむら）の顔だった。進級してからは、ちっとも顔を合わせていないが、彼にはひどく嫌われていた。

――おとなしそうな顔して、よく次から次へと男たらしこむよな。

嫌な言葉が思い出され、心臓が痛む。じわりと掌が汗ばみ、俺は椅子の背をぎゅっと握った。

「先輩」

臼井が一歩、近づいてくる。俺は金縛りにあった気持ちだった。

腹の奥から、じわじわと嫌悪感が襲ってくるのに、一歩も動けない。大柄な臼井の体が、影になって俺の上に落ちる。大きなその手が、俺の腕をぐっと掴んだ。

「森尾先輩なんかより、俺のほうが絶対いいですよ。あの人は、先輩みたいなの、本当は好きじゃないと思います」

とたんに、ぞわっと全身の毛が逆立った。

——もっとも、お前みたいななまっちろいチビ、全然好みじゃないけど。

聞こえたのは、俺を押し倒したときの森尾の声。

目眩がした。一年近く前なのに、もうあれからずいぶん経っているのに、それでもその言葉はあのときと変わらない鋭さで、俺の胸を引き裂いていった。

「臼井、ごめん、放して」

「いいように遊ばれて、捨てられますよ。俺にしといてください」

「……お願いだから、放して」

放せ。

くらくらする。気持ち悪い。視界が回りはじめる。

脳裏によぎる、岸辺の顔。あと二人、名前はなんだったろう。俺は俺を犯し、ゴミみたいに扱った三人を思い出した。それから浦野(うらの)。俺を脅し、強姦しようとした。するとそのとき、口の中に突っ込まれたタオルやゴミや……性器の、あの感触や臭いが、生々しく、はっきりと蘇ってきた——。

気がつくと息があがっていた。血の気がひいていき、足の力も抜けそうになる。

「先輩？」

臼井が不安げな声を出して顔を近づけてきた。いやだ、気持ち悪い。俺は腕を振り払おうとしたのに、臼井は逆に引き寄せてきた。

「そんな怖がられたら、傷つくじゃないですか」

抱きこまれそうになって、俺は片手で突っぱねた。バランスを崩して、床に倒れこむ。臼井の手が離れる。椅子がひっくり返り、机が揺れて、ガタンと音がたつ。

「――なにしてんだ?」

気がつくと、戸口に森尾が戻ってきていた。

刹那、俺は弾かれたように立ちあがり、駆けだしていた。教室を飛び出て、廊下を走る。

「おい、なにしたんだよ」

背後で森尾が剣呑な声を出すのが聞こえた。けれど振り返る余裕がなかった。階段まで駆けていき、けれど駆け下りる手前で、俺は我に返っていた。

急に力が抜けて、その場に座りこむ。息はあがり、心臓はどくどくと激しく鳴っていた。

吐き気に口元を押さえ、眼を閉じると、たまらない自己嫌悪がこみあげてきた。

臼井はなにもしてないのに、ただ勝手に怖くなって、取り乱した。

大きな男と二人きり。俺を好きだと言って、俺のことを抱きたいと思ってるかもしれない男。たぶん、そうしようと思ったら無理矢理俺を組み敷ける男。

そんな男を眼の前にしていると思ったら、ただ怖かった。まだ体は小刻みに震えている。思い出したくもない、岸辺や浦野のことを、今も体は覚えている。

けれどどうして、とも思うのだ。

何ヶ月も前のことだ。それに俺は女の子じゃない。それなのにどうしてまだ、こんなに怖いのだろう。自分が情けなく、とても弱くみじめに思えて、悔しかった。

鼻の奥が痺れ、泣きたくなっていたそのとき、

「……崎田」

背中に、そっと手が触れた。シャツを通して伝わる熱は温かい。森尾だった。

「平気か？」

訊かれて、俺は小さく頷いた。

臼井は一緒に帰りたいと言っただけだ。腕を摑まれるくらいのスキンシップは、男同士では普通にあることなのに、俺が勝手に怖がっただけ。けれどそれを上手く説明できず、俺はただうつむいていた。

しばらく無言のままでいた森尾が、ゆっくり、遠慮するようにそっと背中をさすってくれる。

「……俺が触れてるのは、怖いか？　大丈夫？」

森尾はそっと、まるで怖がらせまいというように、優しく訊いてくる。その優しさに気が緩んで、涙が出そうになる。必死にこらえながら、

「……平気。ごめん、俺、急に思い出したんだ。……昔の、こと」

それ以上は言えなかったけれど、森尾はなんのことか察してくれたようだった。

「……ああ。そっか」

そう頷いたあとで、小さく、

「ごめんな」

と、付け加えた。

どうして森尾が謝るんだよ、と思う。けれど同時に、分かっていたろ、と自分に呆れた。

俺がこんなふうに昔のことを思い出していると知ると、森尾はいつも謝るのだから、本当なら伝えるべきじゃなかったのに。それなのに言ってしまったのは、俺の弱さだった。

去年の九月、俺は森尾に無理矢理、抱かれた。……そのことを、森尾はずっと悔いていて、だからその償いのために、俺のそばにいてくれているのだった。

——俺、森尾を怖いと思うこと、もうないんだよ。

それを伝えようか迷い、けれど言えなかった。言うことで、俺はなにかが変わることを恐れているのだ。目尻に少しだけ、涙がにじんだ。

——俺たちって、どっちも、後ろめたいのに、それを隠して一緒にいるのかな……。

森尾は俺に罪悪感を覚えていて、俺はその森尾の後悔につけこんでいる。

それでもこの関係は、「友だち」と言えるのだろうか？

ふと思ったその言葉も、やっぱり俺は言えなかった。

森尾のことは、とっくに許しているのに、森尾の罪悪感が消えて、一緒にいられなくなるのが怖い。俺はそう思っている。

　こんなことを考えている俺の欲深さを知ったら、森尾は本当に、俺を嫌いになるかもしれない。

　階段の下のほうから、廊下を通る生徒たちの笑い声が響いてきた。音楽棟からは、オーボエの音。遠くで、運動部のかけ声もする。

「立てるか？」

「うん」

　森尾は俺のカバンを持ってきてくれていた。支えられて立ち、一緒に並んで階段を下りる。足は少しだけ震えていたけれど、なんとか歩いて帰れそうだ。

「臼井に、謝らなきゃ」

「明日一緒に行ってやるから、今日はやめとけ」

「……うん」

　——ごめんな、臼井。

　二人、無言のまま校舎を出た。歩道には、西日に照らされて長い影が伸びていた。

「……ほんと、ごめん」

　いくらか行ったところで、森尾がまたそう、呟いた。

「森尾が悪いんじゃないよ。俺が弱いだけだ」

「違う。お前は強いよ」

森尾はきっぱりと言った。

「お前は強い」

……そうかな。そんなことないよ。それは俺が一番、よく知ってる。それでも森尾が、そう言ってくれるのは嬉しかった。少しだけ、慰められた。そんなものはまやかしで、本当の俺は強くもなんともないことを、俺は知っていたけれど。

俺はそうっと、森尾の手を握ってみた。少し怖かったけれど、手は振り払われなかった。西日が遠く、軒と軒の間に沈んでいく。薄闇が空を染めはじめると、森尾と俺の影の境めが、溶けあったようにくっついて、一つになった。

俺と森尾の間にある、深まるだけの溝。

それもこんなふうに簡単に、なくなればいいのに。

俺は森尾に身を寄せた。森尾は拒絶しない。顔を近づけて、慰めるみたいに額に口付けてくれた。ぎゅっと手を握ると、もっと強く握り返される。森尾の手は大きくて、少しだけ汗ばんでいる……。

俺が森尾を許したがっている気持ちと、森尾が俺に許されたがっている気持ち。

俺たちをかろうじて繋いでくれているのは、もしかしたらそういう思いかな。

俺は一人、そんなことを考えていた。

あとがき

　こんにちは、または初めまして。樋口美沙緒(ひぐちみさお)です。このたびは、『わたしにください』をお読みくださり、ありがとうございます。続刊が、来月出る予定なので、よかったらそちらもお手にとっていただけたら嬉しいです。

『わたしにください』は、十五年ほど前に初めて書いたお話です。まだ作家デビュー前でした。当時の私は迷いの中におりましたが、お話を書き始めたときに思っていたことは、今もはっきりと覚えています。「もがいてももがいても助けはこない。それでも必死にあがいていれば、不意に差し伸べられる手がある。そのことを書きたい」。そう思っていました。十五年経って、作家として今年十周年を迎えることのできた私が、この作品と再度向き合えたことは、私にとってとても意味がありました。

　もがいてももがいても、助けはこなくても、諦めなければ光は差し込む。

『わたしにください』の中で扱(あつか)ったテーマの一つを、私自身が実感する十五年でした。私一人では、この本はこの世に出ていなかったでしょう。支えてくれた家族、友人、知人。読者の皆様、出版社の皆様はもちろん、ふと町ですれ違っただけの人、電車で隣に座っただけの人も、私の人生になにか変化をもたらし、今日この日を迎えさせてもらえたのかもしれないと思うことがあります。『わたしにください』、このタイトルは、十五年前アルバイトで訪れていたある場所に、張り紙されていた金言の一部です。十五年前の私も、今の私もこの祈りを胸に抱いています。作家になる道を、と祈っていた私は、今ではもっとたくさんの人に届ける力を「わたしにください」と、祈っています。

美しいイラストを手がけてくださったチッチー・チェーンソー先生。文庫化にあたって、この作品世界に命を吹き込んでくださる方は、先生しかいないと思っていたので、描いていただけて本当に嬉しいです。ありがとうございます。電子連載時にイラストを描いてくださった門地かおり先生にも、心からの感謝を申し上げます。一緒になって最後まで作品の面倒を見て下さった担当様。十年の歩みをともにできて、感謝しかありません。ありがとうございます。

私の家族、友人、知人、すれ違った人々、そして読者のみなさま。いつもありがとうございます。私が書いているのは、あなたのためですと迷いなく言えます。次作でも、お会いできたら嬉しいです！

樋口　美沙緒

世界の隅っこで、ひとり

母が死んだとき、森尾祐樹(もりおゆうき)は九歳だった。

まだ小さいのにかわいそうねと弔問客(ちょうもんきゃく)は口々に言い、同時にこうも言った。

「でもあなたはまだ、恵まれているわよ」

どういう意味なのか、森尾にはよく分からなかった。葬式のときに買った黒い礼服は四十九日を迎える間に背丈に合わなくなった。ぐんぐん伸びるなと長兄は呆れ顔だったが、新しいものをまた買いそろえるのはもったいないと、ぴたぴたの半ズボンのまま納骨した。

　残暑の厳しい九月だった。まだ真夏のような入道雲を見上げながらふと、そのときの森尾は思った。たった四十九日の間にも、自分は生前の母が知っていた自分とは、既に違ってしまったのだと——。

「お母さんが……」

のないと、崎田路が言っている。森尾は崎田の口からその単語が漏れるたび、なにか言いようのない優しい気持ちになる自分を自覚していた。

受験を控えた高校三年生の男子には珍しいことなのだろうが、崎田路の話題には、なにかと「お母さん」が登場してくる。

たとえば、今日うちに寄って勉強してかないか、などと誘ったり、予備校の授業までちょっと時間があるし小腹が空いたからなにか食べないか、などと言ってみると、大抵、

「お母さんがこの前言ってたんだけど……」

という前置きから、おすすめの店だの、今日家に寄れるかどうかだのの答えが出てくる。そうして、言ったあとで崎田は大抵恥ずかしそうに顔を赤らめ、

「ご、ごめんね、またお母さんの話しちゃった……」

と付け足すのだった。けれど森尾は、お前のそういう話、もっと聞いてたい、といつでも密かに思っていた。

崎田と親しくなったのは、去年の秋のおわりからだった。

三年生になっても、幸いクラスが一緒だった。森尾が、選択教科を崎田と上手く合わせたというのもある。志望している大学は森尾が国立理系、崎田が私立文系だったので、クラス替えの前に少しだけ崎田に相談して、選択科目を合わせた。

もっとも崎田は、単に森尾の提案をアドバイスとして受け取っていて、同じクラスにな

れるよう、森尾が画策したとは考えていないようだった。

時々、崎田が自分の過去を振り返って、「ひねくれてて嫌なヤツだった」と言うことがあるけれど、森尾は崎田のその考えに驚いてしまう。森尾は崎田をよく知らない時期、おとなしそうなクラスメイトという印象はあったが、ひねくれているとか、嫌なヤツと思ったことはなかった。

近しくなって崎田のことをきちんと知ると、崎田は嫌な人間だったわけではなく、様々な抑圧に苦しんで、毛を逆立てている子猫のような心情だったのだろう、と想像がつく。

たしかにすねていたところはあったのだろう。

だが森尾からすれば、崎田のすね方など可愛いものだった。森尾は自分のほうがよっぽど——、と思う。

自分のほうがよっぽど嫌な人間だと。ただ、なにがどう嫌なのかは上手く説明がつかない。森尾は自分のことを振り返って考えたり、顧みたり、内省することがひどく苦手だった。

そういうことを、長い間したことがなかった。

「森尾のお母さんて、どんな人だったの？」

崎田にふと訊かれたのは、三年生に進級し、五月の連休が明けて最初の登校日。たまたま予備校が休みだったので、家に誘って二人で勉強しているときだった。

その日は兄たちが出張で出払っていて、父親も帰宅が遅く、いつも来てくれている通いの家政婦もたまたまいない日だった。

崎田を家に呼ぶ日は自室に招くが、その日は誰もいないからとリビングで勉強することにした。天気のいい日だったので、森尾は窓を開けていた。

母親に断りの電話をするという崎田に固定電話を貸すため、一緒に廊下を歩いていると、たまたま開け放した扉の向こうに仏壇が見えていた。それでたぶん、崎田は気にしたのだと思う。ずいぶん前、仲良くなりはじめたころになんとなく、「うちは母親、俺が九歳のとき死んでるから」と言うと、崎田は驚いたような顔をし、全然知らなかったと言った。

小学三年生のときは、たしかクラスが違っていたのだ。だから知らなくて当然だろうと森尾は思ったけれど、そのときの崎田は、ちょっとびっくりするくらい動揺していた。

急に「俺、ひどいことを……」と呟き、眼を赤らめた崎田に、森尾のほうが困惑した。なにが？　と首を傾げると、「……前まで、森尾はなにもかも恵まれてるくせにって僻んでた」と告白されて、森尾はいよいようど答えていいか分からなくなった。

いいや、俺はべつに。というか実際、ともごもご言い訳を口にした記憶がある。

「……実際俺は、恵まれてるほうだったし」

そう答えてからふと思った。これは自分の言葉ではない。誰かから言われた、古い記憶の中の言葉だと。そうだ、母の葬儀で、弔問客の誰かが漏らした言葉だ。

俺は恵まれていたんだっけ？　不意によぎった疑問に、答えはなかった。

森尾は九歳の自分を思い出そうとしてみても、あまり思い出せない。がらんとした、広い家のリビング。人気(ひとけ)のない自分の家に、いつも帰っていたことだけを覚えている。

母親は長らく入院していて、家にいなかった。幼いころから、食事は家政婦が作ったものだった。だから、お母さんの料理でなにが好きですか、というような、小学校低学年時の母の日を前に書かされる類いの作文にはいつも手を焼いた。

兄にどうすればいいか訊いたら、模範回答を書いとけばいいと教えられた。兄はインターネットで検索した、全国の小学生の作文をプリントアウトして、赤ペンを入れ、ここと

ここを書き換えればいいさ、と肩を竦(すく)めた。

書いたものに森尾の真実など一つもないが、それで守られるなにかがあるような気はして、森尾は兄のやり方に倣(なら)った。

「お前は……お母さんの料理で、なにが一番好きだった？　ガキのとき」

どんな母親だったか訊(たず)ねられた森尾が、逆に訊き返すと、崎田はぱっちりした大きな眼をしばたたき、少し考えてから「玉子焼きかなあ」と言った。

「甘い玉子焼き。お弁当に入ってるやつ……」

何度か分けてもらったことのある素朴な玉子焼きの味を、森尾は思い出した。優しい家庭の味だった。ああいう温かさ、なにか優しく、柔らかなものを、森尾は崎田にいつも感

じていた。お母さん、と呼ぶときの声の優しさや言葉の懐かしさそのものを、崎田は体の奥にしまいこんで、全身からにじませているみたいに見える。

「森尾は？」

訊ねられて森尾は記憶を探った。作文では嘘を書いたが、崎田の質問にはきちんと答えたい。

「……覚えてないな、正直、母親の味知らないんだよな」

兄貴たちは知ってるみたいだけど、と森尾は呟いた。兄たちは母親の記憶が鮮明だった。森尾にとっての母親は、物心ついたときには病床にいる甘えてはいけない人だった。ただ、週に数回訪れていた病室で、母親はいつも嬉（うれ）しそうに森尾の名前を呼び、頭を撫（な）でてくれた。その優しい手と、ぼやけた笑顔の記憶はある。

それ以外はほとんどなにも覚えていない。そう続けると、眼の前の崎田は悲しそうな顔をした。森尾は慌てて、

「でもべつに、不自由はなかったぞ」

と、付け足した。

家には金はあったので、食事は誰かが作ってくれた。掃除もしてくれる人がいた。なにかあれば世話をしてくれる人もいた。父は会社の社長で付き合いも広かったから、いろんな人が助けに来てくれた。だからたぶん、弔問客の誰かが、森尾を「恵まれている」と言

ったのも間違いではなかったのだと、ふと今になって思う。

自分はそんなにかわいそうな子どもではなかった。もっとかわいそうな子どもなんて、いくらでもいただろう。

「不自由しなかったとしても、悲しいときはあったでしょ……？」

囁くように崎田は言い、気まずそうに眼を伏せた。

「……ごめんね、ただ、森尾のお母さんはきっと優しい人だったろうなと思って、訊いてみたかっただけなんだ」

森尾は崎田の言葉に首を傾げた。なぜ崎田が、そんなふうに考えるのか不思議だった。

「俺の母親が優しいなんて、なんで思うんだ？」

すると崎田は顔をあげて、森尾の問いをそれこそ不思議がるような顔で「なんでって」と応えた。

「森尾が優しいから……覚えてなくても……それはお母さんが優しかったからじゃない？うちのお母さんがよく言うんだけど」

と、崎田は小さな唇に指をあてて、少し考えるような仕草でこてんと首を傾けた。

「俺は俺が小さかったころのこと、なんにも覚えてないけど、お母さんはすっごくよく覚えてるんだって。……でもその記憶はお母さんの中にしかないから……小さなころの俺の思い出は、お母さんだけのものだって」

森尾のお母さんも、同じじゃないかなと、崎田は言った。

そこにつまっているものが、優しく、温かく、懐かしいものであるかのような口ぶりで。森尾は生まれて初めて、亡くなった母親の記憶の中にあっただろう、自分との思い出について考えた。

どれだけ知りたいと思っても、もはや知ることのできないもの。けれどたしかに、あったかもしれないもの。世界の片隅で、一人、母だけが持っていたもの。

（ああ俺）

リビングのテーブルに向かい合わせに座っている、崎田路の小さな顔を見つめ、森尾はそのときようやく理解したような気がした。

（ああ、俺きっと、俺の母親が崎田みたいだったらいいなと、思ってたんだ……）

崎田の細い体から薫ってくる、優しい温かなものは、母親に対する思慕に似ているところがあった。

崎田路の内側に入り、崎田路の魂に近いところで眠り、眼を覚ましても同じものに包まれていたい……という、激しい感情は、恋慕というよりももはや暴力に近いなにかに感じられて、森尾は自分が怖くなったけれど。

それでもおそらく、それは愛というものだった。

作家・イラストレーターの先生方へのファンレター・感想・ご意見などは
〒101-0063 東京都千代田区神田淡路町 2-2-2
白泉社花丸編集部気付でお送り下さい。
編集部へのご意見・ご希望などもお待ちしております。
白泉社のホームページは http://www.hakusensha.co.jp です。

白泉社花丸文庫

わたしにください

2019年11月25日　初版発行

著　者　樋口美沙緒 ©Misao Higuchi 2019

発行人　高木靖文

発行所　株式会社白泉社
〒101-0063 東京都千代田区神田淡路町 2-2-2
電話 03(3526)8070(編集部)
03(3526)8010(販売部)
03(3526)8156(読者係)

印刷・製本　株式会社廣済堂

Printed in Japan　HAKUSENSHA　ISBN978-4-592-87747-9
定価はカバーに表示してあります。

の大好評既刊

タランチュラ×シジミチョウ

「愛の巣へ落ちろ!」

シジミチョウ出身で庶民の翼は、ハイクラス名家の御曹司でタランチュラ出身の澄也に憧れ星北学園に入学。しかし実際の澄也は超嫌な奴で、あげくにすぐに手を出され!?

クロオオアリ×クロシジミチョウ

「愛の蜜に酔え!」

クロシジミチョウ出身で天涯孤独の里久は、クロオオアリ種の有賀家で世話になっている。次期王候補で片想いの人でもある綾人が病気と知り、治療のため星北学園に編入するが!?

擬人化チックファンタジー！

イラスト/
街子マドカ

タランチュラ×カイコガ

「愛の裁きを受けろ!」

ロウクラスでカイコガが起源の郁は、体も弱く口もきけないながら懸命に生きていた。ある日、ハイクラスばかりのパーティでからまれているところをタランチュラの陶也に助けられ恋に落ちるが!?

ヘラクレスオオカブト×オオスズメバチ

「愛の罠にはまれ!」

オオスズメバチ出身の篤郎は、過去に深く傷つけた義兄・郁への罪悪感から立ち直れず、幸せになってはいけないと自分を責め続け生きていた。そんなある日、ヘラクレスオオカブト出身の兜が目の前に現れ!?

花丸文庫 樋口美沙緒

「愛の本能に従え!」

オオムラサキ×ナナフシ

目立たないことが取り柄のナナフシ出身の歩は、性の異形再生に失敗し、一族から見放されてしまう。そんなある日、寝とり癖のあるトラブルメーカーで、オオムラサキ出身の大和と同室になることに……!?

「愛の在り処をさがせ!」

タランチュラ×ナミアゲハ

ナミアゲハ出身の葵は、ロウクラスに紛れ隠れるようにタランチュラの子供を育てていた。ある日、グーティサファイアオーナメンタルの最後の1人で、ケルドア公国大公シモンの来日を知り心を乱され…

ムシと人が融合した世界——

タランチュラ×ナミアゲハ

「愛の在り処に誓え!」

たった一人で国と共に滅びることを選んだ大公・シモンを追って、息子の空とケルドア公国へ向かった葵。何があっても側にいると決めたはずが、シモンはそれを許さず…「愛の在り処をさがせ!」続編!

ツマベニチョウ×ヒメスズメバチ

「愛の星をつかめ!」

ハイクラスの名門一族に生まれ、星北学園の副理事として人生を歩んできたヒメスズメバチ出身の真耶は、恋愛に興味がなく童貞処女のまま30歳を迎えてしまい!?

樋口美沙緒の大好評既刊

花丸文庫BLACK

「愚か者の最後の恋人」 イラスト/高階佑

惚れ薬を飲まされ、雇い主で貴族のフレイに恋してしまった使用人のキユナ。誰にでも愛を囁く節操なしのフレイのことが大嫌いだったはずなのに、面白がって悪戯されてもその手を拒めなくて……。

花丸文庫

「愛はね、」 イラスト/小椋ムク

予備校生の多田望は、幼馴染の俊一に片想いをしていた。ノンケの俊一は決して自分を好きにならないと知っている望は、俊一以外の誰かを好きになりたくて、駄目な男とつきあってばかりだが……。

花丸文庫

「ぼうや、もっと鏡みて」

イラスト/小椋ムク

大学生の俊一は、幼馴染みでゲイの望の気持ちに応える気もないのに、望を傷つけてはその気持ちが自分にあることを確かめずにはいられない。自分の気持ちをもてあまし、戸惑う俊一だが……。